KB070305

웹소설 작가 서바이벌 가이드

김휘빈 지음

위즈덤하우스

웹소설 작가가 되기는 쉽다.
그러나 작가로 살아남기는 어렵다.

제목을 보고 화가 나는 사람이 있을지도 모르겠다. 하지만 이것은 누군가의 노력을 폄하하기 위해 하는 말이 아니다. 노력 중인데도 아직 성과를 거두지 못했다면 방향성이 맞지 않거나 판단을 잘못 해서일 가능성이 높다. 많은 작가들에게는 타고나거나 만들어진 성향이 있고 이것을 바꾸기는 매우 어렵기 때문이다. 이런 부분 때문에 갈등과 고통을 겪는 사람들도 많고, 나 역시 그랬다.

다시 한 번 말하지만 웹소설 작가가 되기는 어렵지 않다. 그러나 지속하기는 어렵다. 한두 작품 내고 사라지는 작가들이 수두룩하고 첫 작품은 잘되었으나 두 번째, 세 번째 작품에서 실패해 스스로 꺾이는 작가들도 많다.

연재를 하면 편할까? 그렇지 않다. 고통과 암흑과 질투와 좌절이 시작된다. 집필 속도와 글의 질 사이에서 고민하게 된다. 출간하면 세상을 다 얻은 것 같을까? 아니다. 벽을 하나 넘었지만 끝없이 펼쳐지는 고난의 세상을 겪어 가야 한다. 바닷물을 한없이 들이키는 기분이 들 것이다.

이런 고통에 대해 이야기하는 사람은 적다. 웹소설을 쓰며 겪는 갈등, 독자의 반응에 대한 고민, 글을 어떻게 써야 하는가, 무엇을 신경 써야 하는가……. 작가들끼리는 이야기하지만 그 수가 적고, 그 안에 들어가 있지 않은 사람은 전혀 접근할 수가 없다. 설령 이야기할 수 있는 그룹을 찾더라도 속 편하게 고민을 털어 놓을 수 있는 환경이 쉽게 주어지지는 않는다.

이 책은 글을 아예 쓰지 못하는 사람들을 위한 책은 아니다. 장르소설을 써 보지는 않았지만 웹소설의 시장성에 솔깃한 사람, 또는 독자로서 장르의 문법을 대충 알기는 하지만 어떻게 써야 할지는 모르는 사람들을 위해 만들어졌다.

완전히 처음부터 글쓰기를 배우고 싶다면 기초 작법서가 더 도움이 될 것이다. 스토리텔링을 배우고 싶다면 시나리오 작법이나 캐릭터 소설 쓰는 법에 대한 책이 다수 존재한다. 다만 웹소설이 가지는 특징과 호흡에 맞춘 작법서는 아직 없다.

이 책은 웹소설 쓰는 법에 중심을 두고 있으나 일반적인 작법서는 아니다. 내 개인적인 경험을 근거로 '무엇을 주의해야 하는지, 어떤 정서적 위험이 있는지, 어떻게 해야 꺾이지 않는지'에 중심을 두고 썼다.

나는 아주 대단한 사람은 아니다. 그러나 웹소설에 대해 뭔가 말할 수 있을 정도의 경험은 갖고 있다고 생각한다. 나는 오랜 기간 웹소설의 시장성과 대중성에 대해 깊이 고민했고 작가로서 나 자신의 성향에 대해서도 탐구했으며 개인지 및 합동지 출간 같은 독립 출판도 여러 번 진행해 보았다. 이전부터 전자책 매체에 많은 관심을 가지고 이에 대해 오랫동안 정보를 수집하고 행사에 참여해 왔고, 직접 전자책을 제작해 본 경험도 있다. 작가로서도 나는 만족할 만큼 성공했으며 주변에 장르소설과 일반 도서 편집자들, 유통사에서 근무하는 사람들, 장르소설을 포함한 다양한 분야의 작가들이 있어 여러 이야기를 들을 기회가 있었다. 그래서 웹소설 작가를 희망하는 사람들에게 현실적으로 도움이 될 만한 것들을 알려 주고 싶다.

이것은 절대적인 정답에 대한 이야기가 아니다. 내가 이것을 쓰는 이유는 고민을 조금이나마 덜고, 덜 고통스러워하길 바라서다. 이 책을 읽는다고 해서 고통이 사라지지는 않을 것이다. 그래도 위안은 좀 되지 않을까? 다른 시각으로 볼 수 있게 되지 않을까? 나 역시 다른 사람들의 이야기나 책에서 그런 종류의 도움을 많이 받았다.

당신이 글을 쓰며 부딪히게 될 여러 장벽들을 넘어섰으면 좋겠다. 그리고 이곳에 나와 다르더라도 이 책을 집어 든 당신이 있었으면 좋겠다. 아무리 작가 지망생이 많다고 해도 작가는 많지 않고 살아남는 작가는 더더욱 드물다. 신규 유입자가 없는 판은 그대로 죽을 뿐이다.

작가로서 살아가고 싶은 사람이기에 이 책을 집었을 거라고 생각한다. 나는 같은 길을 가려는 사람들에게 도움을 주고 싶고, 오래 건강하게 함께했으면 한다. 그리고 이 이야기들이 조금이라도 도움이 된다면 정말로 좋겠다.

차례

웹소설이
탄생하기까지

한국 장르소설의 간단한 역사
- PC통신부터 현재까지

도서대여점 시대

그 시장이 어떻게 형성되었는지를 알아야 시장을 더 잘 이해할 수 있다. 그러나 한국 장르소설 시장의 문제점 중 하나가 '기록'이라고 할 만한 게 없다는 것이다.

논문은 한 손으로 꼽을 수 있을 정도로 적고 대여점 시대의 데이터는 찾기 어려우며, 독자들도 데이터라고 할 만한 것을 남긴 적은 없고 영원할 것 같았던 웹문서도 사라지고 훼손된 지 오래다. 다음에 할 이야기는 나름의 검수를 하였으나 기본적으로는 기억에 의존한 내용이다. 이것을 사료로 분류한다면 '구전 기록'에 가까울 것이다.

소위 '한국 1세대 판타지'라고 통칭되는 작품 그룹이 있다. PC 통신 시절에 연재되던 판타지소설들을 말하는 것으로 『드래곤 라자』, 『용의 신전』, 『비상하는 매』 같은 작품을 예로 들 수 있다.

1990년대 후반, 인터넷 보급 이후 PC통신은 사라지며 연재처 또한 인터넷으로 이동한다. 동시에 IMF 이후로 만만한 창업 업종으로 분류되어 폭발적으로 늘어난 도서대여점을 기반으로, 인터넷에 연재된 인기 소설들이 대여점용으로 출간되기 시작한다. 당시에도 인기 소설들에 대해서는 "몇 천만 원을 벌었다", "계약만 하면 몇 백을 버는데 용돈으로 쏠쏠하다" 같은 소문이 많았으며 학생들을 비롯해 많은 이들이 이를 노리고 집필하기도 했다. 정확히 지금과 같은 상황이다.

당시에는 도서대여점의 수가 많았으며, 한 번 내면 3000~5000부는 무조건 팔린다는 인식이 있었다. 인기가 있으면 별다른 부가 작업이나 검토 없이 대충 출판되는 것이 일상적이었다. 아무것도 모르는 초보 작가들을 대상으로 출판사가 사기를 치거나 말도 안 되는 적은 금액을 제공하고, 판매 부수를 속이고 몰래 증쇄하는 문제 등이 발생했다. 1990~2000년대 일이므로 이때의 작가들은 아직까지도 현역이며, 현재까지도 특히 판타지소설과 무협소설계에는 작가와 출판사 사이에 기본적인 불신이 존재한다. 또한 이때의 버릇을 버리지 못한 출판사 역시 존재한다.

이 시기 장르소설은 도서대여점에서 구입할 기본 부수를 믿고 분량을 마구 늘려 출간하는 것이 대부분이었으므로 내용의 질은 높지 않았고 내용도 대동소이했다. 때문에 책의 가치를 조롱하는 '불쏘시개', '양판(양산형 판타지)'이라고 낮춰 불렀다. 이 시장은 도서대여점의 몰락과 함께 붕괴했다.

유료 연재, 터를 닦다

2007년 4월, 도서대여점의 끝물이 올 무렵 전자책 회사 북토피아에서 장르소설 전문 사이트 와키를 연다. 현재 없어진 사이트이며 정보가 자세히 남아 있지 않아 정확히 어떻게 진행되었는지는 알기 어렵지만 정액제와 권당 판매, 편당 판매를 동시에 진행하는 사이트였다.

2008년에는 전자책 전문 서점 북큐브가 문을 연다. 북큐브에서는 작가들의 소설을 연재로 제공했고 편당으로 판매했다. 와키를 비롯해 당시 내용을 검색해 보면 이미 이 시점에 한 편당 가격을 받는 '편당 결제'의 형식은 완성되어 있던 것으로 보인다.

이런 편당 결제 연재는 검증된 유명 작가들의 작품으로 한정되었으며 당시의 전자책은 매우 소수의 사람들만이 보는 매체였기 때문에 널리 확장되지는 못했다. 또한 점점 기울고 있기는 했지만 도서대여점 - 총판 - 출판사로 이루어진 구도는 깨지지 않고 있었다.

역시 2008년, 현재까지도 대표적인 아마추어 연재처인 조아라가 수익성 문제로 19금 성인소설 섹션을 유료화한다. 현재 '노블레스'라고 불리는 코너로, 와카나 북큐브와 달리 누구나 자유롭게 연재가 가능했으며 편당 결제가 아닌 정액제를 채용하여 이용권을 구매하면 이용권의 유효 기간 동안 노블레스에 등록된 작품들을 모두 열람할 수 있게 했다. 수익은 조회 수 등에 따라 작가들에게 분배되었으며 훗날 노블레스 결제 금액의 일부를 작가에게 직접 지불할 수 있는 쿠폰 시스템을 만들었다.

2008년은 아직 도서대여점이 강세였으므로 작가들은 이쪽을 중요한 수익처로 보지 않았다. 여기에 먼저 눈독을 들인 것은 소위 '야설 작가'들이었고 성인소설 코너라는 공간적 특성에 집중해 수위 높은 포르노소설을 쓰는 것에 집중했다. 물론 여기에는 '야설이 돈이 될 것이다, 야설이니까 돈을 쓸 것이다'라는 편견도 존재했다. 그러나 실제로 수익을 올린 것은 포르노소설이 아니었고, 노블레스가 수익의 중심지가 되고 난 이후부터는 포르노소설이 상위에 올라오는 경우가 거의 없어졌다.

나는 이곳에서 2011년에 연재를 시작했다. 그 해 3월에 조아라는 메인 페이지에 노블레스 소득 랭킹 1위부터 5위까지를 작가 이름 없이 공개했는데, 이때 1위의 수익이 200만 원이 넘었다.

● 이보다 훨씬 이전에도 '작가 키우기 프로젝트'나 '작품 에이전트' 서비스, 작가에게 독자가 소량의 금전적 지원을 하는 등의 서비스가 있었다.

11월 소득 랭킹

① 7,000,932원
② 4,421,681원
③ 4,127,979원
④ 3,443,725원
⑤ 3,319,485원

2016년 11월 15일 조아라 노블레스 소득 랭킹. 1위가 700만 원인데, 차후 보름치의 소득이 더 누적될 여지가 있다.

이때쯤 도서대여점 – 총판 – 출판사로 이루어진 구도는 무너졌다. 도서대여점이 사라진 것이다. 그동안 작가들은 한 달에 한 권씩 써 내면서도 시장성에 맞지 않는다며 편집자에게 많은 간섭을 받아야 했고, 책 한 권 원고료로 100만 원도 받기 어려웠으며 그마저도 떼이는 경우가 많았다. 그런 상황에서 잘되면 200만 원을 노릴 수 있는 노블레스는 해 볼 만한 곳이었기에 기존 작가들이 조금씩 발을 옮기기 시작했다. 이것은 2013~2014년에 제일 두드러진 흐름이었다.

조아라는 노블레스 출범 이후 꾸준하게 소설 유료화를 추진하며 여러 가지 실험을 했다. 그러나 큰 성과를 보지 못하다가 2011년 '프리미엄'이라는 코너를 오픈한다. 이 코너는 선정된 작가들이 연재하는 작품을 편당 구매하여 열람할 수 있는 시스템이었다.

당시 작가와 독자 모두 편당 결제 시스템에 대한 요구가 높았기 때문에 그에 대한 테스트였던 것으로 짐작된다. 그러나 기대와 달

17

리 '편당 결제'는 별다른 수익을 올리지 못한다. 2014년까지 조아라의 프리미엄 코너는 거의 죽은 공간이었다. 다만 어디까지나 노블레스와 비교했을 때 그렇다는 것이다.

이 코너의 특징은 오픈 당시 여자 주인공이 모험과 연애를 동시에 하는 내용의 작품들이 거의 대부분이었다는 것이다. 물론 이중에는 노블레스에서 높은 수익을 올린 남성 작가들의 작품도 포함되어 있었다.

이 시기 도서대여점에 의존했던 장르소설 시장은 거의 고사되었는데, 도서대여점에 의존하던 판타지소설 시장은 주인공이 여성이거나 여성 취향의 로맨틱한 이야기를 발간하는 데 매우 인색했다. 팔리지 않는다는 것이 제일 큰 이유였다. 계약을 하고 싶으면 주인공을 남자로 바꾸라는 요구가 일상적이었다.

그런데 책 한 권을 내도 100만 원을 받기가 빠듯한 시기에 조아라 프리미엄을 통해서 여성 독자들의 구매력이 가시화되었다. 이후 로맨스와 판타지소설 출판사에서 로맨스판타지 레이블을 만들고, 전자책과 종이책이 출간되기 시작한다.

🌹 한국 전자책 업계의 태동과 사망

앞서 2007년 오픈한 장르 전문 사이트 와키에 대해 말했다. 이 와키는 플랫폼이자 전자책 출판사였으며, 모회사는 북토피아였다.

1999년에 설립된 북토피아는 대형 업체였다. 한국출판인회의 기반으로 120여 개 출판사가 공동출자해 설립된 회사였으며, 2001년에 ㈜와이즈북을 흡수합병하여 전자책 업계 1위가 되고 2004년엔 NHN(네이버)에게 10억 원의 출자를 받는다. 지금의 리디북스나 네이버북스 비슷한 위상이었다. 출판인회의를 기반으로 설립되었으므로 업계에 대한 참여 호소력도 상당했던 것으로 보이고 많은 출판사들이 협조적으로 활동했다고 한다. 잘 굴러갔으면 한국 전자책 시장이 10년은 더 빨리 발전했을 테지만 북토피아는 한국 전자책 시장의 발전을 10년 늦추고 시장에 불신만을 만들며 사라졌다.

먼저 북토피아는 정산 문제를 일으켰다. 자신들과 계약한 작가들과 업체들에게 판매 물량을 속이거나 계약하지 않은 곳에 도서를 판매하고(예를 들면 도서관 등에 허가도 없이 마음대로 유통했다), 그나마 받아야 할 돈도 정상적으로 지급하지 않는 등의 문제를 일으켰다. 북토피아는 2008년부터 완전 자본 잠식 상태에 진입하고 2009년, 미지급 저작권료 58억 원, 부채 95억 원과 함께 파산한다. 그리고 오랜 분쟁을 거친 후 2011년 7월 28일 문을 닫는다.

현재까지도 출판 관계자들 중에 전자책에 부정적인 반응이나 불신을 보이는 사람들이 있다. 모두 북토피아가 한국 전자책 업계

● 『머니투데이』, 「'북토피아' 공개매각 작업 착수」, 2010. 5. 3

에 미친 영향이라 볼 수 있다. 업계 내부에만 악영향을 끼친 것이 아니다. 초창기에 형성할 수 있었던 독자층과 신뢰 또한 박살냈다. 전자책 업체가 도산할 경우 구입한 전자책의 소유권은 보장되지 않는다. 인수한 업체가 그것을 보장해 줄 의무도 없다. 독자가 전자책을 구입할 때 가지는 것은 소유권이 아니라 (업체가 망하기 전까지의) 무기한 열람권에 가까운 것이다.

그러한 선례를 만든 것도 바로 북토피아다. 그때부터 시간이 꽤 지났으니 지금 다시 법적 다툼을 한다면 다른 해석이 나올 수 있을지도 모르겠으나 현재의 권리는 그러하다. 북토피아는 문을 닫으면서도 독자들에게 구입한 콘텐츠의 다운로드를 허락하지 않았고 북토피아를 인수한 웅진 OPMS, 현 메키아는 기존 북토피아 유저의 이용권을 계승하지 않은 것으로 알고 있다. 신세계 전자책 플랫폼인 오도독도 문을 닫을 때 다섯 권 정도만 다운로드를 허가하고 서비스를 종료했다.

북토피아는 태동하던 업계의 제일 비싼 자산인 신뢰를 부줬다. 한국의 전자책 발전이 침체되고 지연된 데는 이런 이유가 있다.

🌸 전자책을 만들기 시작한 사람들

'로맨스소설'은 다른 장르소설과는 별개로 독자적인 성장을 해 왔다. 1990년대 인터넷 기반에서 성립된 판타지소설 시장과 달리 로맨스소설의 성립을 살펴보려면 무협소설과 비슷하게 1980년대까지 거슬러 올라가야 한다. 로맨스소설 시장은 무협이나 판타지처럼 대본소나 대여점과 붙어 성장하지 않았다(대여점의 덕을 보지 않았다는 말은 아니다). 이 시장은 아주 옛날부터 구매를 바탕으로 이루어진 시장이었으며 덕분에 안정적인 면이 있었다.

로맨스소설 시장에는 초기부터 전자책 시장이 만들어져 있었다. 이들은 전자책 출간의 핵심 요소인 '전송권'에 대한 이해가 없을 때부터 전자책을 만들어 왔다. 물론 만듦새나 보안 수준은 지금에 비해 낮았다.

전자책이 대세인 시대가 온다면 로맨스소설 시장이 강세가 될 것이라고 예측한 적 있었다. 일단 그동안 쌓아 온 물량이 있으며 대여로 시장이 성립된 판타지소설과 달리 구매층이 탄탄한 시장인데다가 독자층이 전자책 구매를 이미 학습했기 때문이다. 실제로 현재 전자책 시장에서 제일 큰 규모를 차지하는 것은 장르소설, 그중에서도 로맨스소설이다.

로맨스소설이 전자책을 계속 내는 동안 판타지와 무협판은 조용하다가 2009년 4월, 교보문고에서 디키스토리라는 장르소설 브랜드를 만들어 전자책을 출간했다. 라이트노벨의 경우 시드노벨*이 2010년에 인기 작품 3종을 전자책으로 발간했으며 이슈노벨**

● 출판사 파피루스의 한국 남성향 라이트노벨 브랜드. 현재까지 발간하고 있다.
●● 출판사 대원의 여성향 라이트노벨 브랜드. 한국 작가 작품은 『월하의 동사무소』만을 출간했으며 수입하던 작품도 발매를 중단했다.

은 2008년 경 이미 『월하의 동사무소』를 전자책으로 발간했다고 한다.

2012년 즈음부터는 대형 인터넷 서점들이 전자책 위주 이벤트를 크게 여는 걸 자주 볼 수 있었다. 같은 해 한국전자통신연구원의 조사에 따르면 2010~2011년에 10~20대 위주로 스마트폰 보급이 크게 이루어졌고 많은 사람들의 생활상이 변했다고 한다. 많은 독자들과 업계인들이 전자책 시장이 확대될 것이라고 기대했거나 따라가는 흉내라도 내야 한다고 생각해 서적 플랫폼의 이벤트로 이어졌던 것으로 보인다. 당시 이벤트에 로맨스소설만 많고 타 장르소설은 정말 구색 맞출 정도로만 올라와서 웃었던 기억이 있다.

2014년 무렵부터 판타지와 무협소설 시장은 연재 체제가 확실히 주도하기 시작했고, 로맨스소설 시장은 대략 2012~2013년부터 패러다임이 전자책으로 넘어간 것으로 보인다.

🌸 액정에 펼쳐진 '페이퍼백', 전자책

국내의 책 많이 읽는 독자들은 늘 일본의 '문고본', 미국의 '페이퍼백(paperback)'을 부러워했다. 『반지의 제왕』이나 『얼음과 불의 노래』 같은 소설들이 작은 사이즈로, 갱지 비슷한 거친 종이에 빽빽

이 인쇄되어 있는 것을 본 적이 있을 텐데 그것이 바로 '페이퍼백'
이다.

이 책들은 내용을 읽는다는 기능에만 충실한 저가 보급형 서적
이며 휴대성이 중요하기 때문에 가볍고 작다. 동시에 내구성도 약
하다. 한국의 책 마니아들은 이런 책들을 늘 원해 왔고 실제로 페
이퍼백 출간을 시도한 출판사들도 있었다. 그러나 박리다매(薄利多
賣)는 '다매'가 보장될 때나 가능한 것이다. 한국에서는 이런 책을
사는 사람이 적어 시장성이 없었다.

옛날 전자책은 페이퍼백을 대체하기엔 여러 문제가 있었다. 일
단 전용 전자기기가 있어야 했고 가격도 저렴하지 않았으며 퀄리
티가 낮았다. 지금도 전자책 가격은 장르소설을 제외하면 파격적
으로 싸지는 않지만 종이책 값에 비하면 저렴하고, 드디어 전 국
민의 손에 디바이스가 한 대씩 들린 시대가 왔다.

전자책을 '추가 수익의 장', '분할 판매를 해 값을 비싸게 받을
수 있는 곳' 정도로 인식하는 출판사는 아직도 꽤 보인다. 그러나
전자책은 '박리다매의 장'이라고 보고 접근하는 것이 맞다. 전자책
의 성질은 현재 한국에서 페이퍼백과 유사하게 소비되고 있다.

전자책을 종이책의 살 깎아먹는 존재로 보는 시선도 있으나 미
국에서는 전자책이 종이책의 구매를 활성화시켰다는 통계가 나
왔다. 먼 미국 이야기를 가져오지 않아도 국내에서도 이미 인터넷

연재 또는 전자책으로 성공한 소설들을 통해 종이책 판매를 활성화시킨 예시가 존재한다.

사람들의 생각과 달리 전자책 독자와 종이책 독자는 같은 사람이 아니다. 교집합이 있을지언정 그들은 다른 독자다. 미국에서 저렴한 보급용 서적으로 페이퍼백을 생산하듯, 현재 한국에서 전자책은 페이퍼백의 역할을 하고 있으며 종이책은 일종의 '현물적 상품'으로서 소비되고 있다고 본다.

커뮤니티에서 책을 추천받으면 전자책 서점에서 크게 망설일 필요 없는 저렴한 값에 주문하여 바로 열람한다. 늘 들고 다니는 휴대폰으로 읽으면 되므로 전용 디바이스도 필요 없다. 이제 사람들은 이런 소설이 존재한다는 것을 알았고, 마음에 드는 소설은 '소장'을 하기 위해 종이책으로 구매한다. 사람들은 소설의 재미를 깨달았고, 그 깨달음은 연재를 향해서도 움직였다.

🌸 포털 사이트의 개입

2013년 1월, '네이버 웹소설'이 열렸다. 2013년 전후 한국 웹 생태계에 관심이 있었다면 네이버가 중소기업의 아이디어나 사업 모델을 카피하여 무료로 제공하는 등의 문제로 상생 관련하여 질타를 받는 뉴스들을 본 적 있을 것이다. 때문에 당시 사람들은 네이버 웹소설의 등장을 공룡의 등장, 웹소설계의 주도권을 앗아갈 강력한 무언가의 등장으로 여기는 경향이 있었다. 개인적으로는 그렇게 생각하지 않았다. 각 장르별로 핵심이 되는 연재 사이트가 존재하는데 이 텃밭이 무너질 일은 없다고 생각했기 때문이다.

엄청난 사용 인구를 가지고 있는 포털의 파급력은 굉장했다. 오랫동안 '인터넷 연재소설', '연재소설' 정도로 호칭되었던 연재물들을 네이버는 단번에 '웹소설'이란 이름으로 바꿔 버렸다. 네이버는 웹소설을 웹툰의 연장선상에서 고려했다고 여겨지는데 표지 일러스트, 삽화, 그리고 대화 아이콘에서 특히 그런 느낌이 강하다.

같은 해 2월에는 카카오페이지가 생겼다. 카카오페이지는 오픈 전부터 많은 홍보로 관심을 모았으나 콘텐츠 제작 방법이 까다롭다는 문제가 있어 장르소설 시장의 외면을 받았다. 그러나 9월, 판타지소설 『달빛조각사』가 종이책보다 먼저 연재되며 작가 수익이 1억 원에 달한다는 이야기가 나온 이후부터 작가와 출판사들이 작품을 적극적으로 공급하기 시작했다. 그때부터 카카오페이지는 장르소설 마켓의 중심으로 변화한다.

🌳 이후

2014년쯤부터 전자책과 유료 연재 시장이 눈에 띄게 확대되었다.

조아라의 유료 시장도 확장되었으나 포털 중심의 유료 시장이 커지며 많은 작가들이 빠르게 빠져나가 터를 잡았다. 이때 갖은 매니지먼트, 이상한 계약 조건 등도 횡행했다.

요즘은 그 정도까진 아닌 것 같다. 매니지먼트 붐도 좀 가라앉았거니와 나는 현재를 약간 멸망 이후 같은 느낌으로 보고 있다. 그러나 그건 계속 봐 온 사람에게나 그렇고 진입자에게는 지금만큼 혼란스러운 시기가 없을 것이다. 지금도 계속 시장은 변화하고 있다.

쭉 보았다면 알겠지만 이 시장이 지금과 같이 확대된 것은 정말 근래의 일이다. 1990년대 후반에 몇 백만 원을 이야기하고 2011년에 200만 원을 노리던 사람들이 2014년부터 갑자기 수익금 1000만 원을 이야기한다.

현재 웹소설의 흥행은 모두가 가진 디바이스인 스마트폰과 놀거리가 없는 문화, 낮은 회당 금액이라는 세 요소가 섞여 성립되고 있다. 이 중에 한 가지만 바뀌어도 시장이 어떻게 될지 아무도 모른다. 웹소설은 빠르게 성장했고 아직도 격변기 안에 있다. 언제나 소설을 읽을 독자들이 있을 것이라고 생각하지만 지금과 같은 스포트라이트는 언제 꺼질지 모르는 거품임을 생각해 보고 뛰어드는 것이 좋다. 지금 넉넉하게 번다는 작가들도 대부분 이 시장이 가난할 때부터 소설을 읽고 써 온 사람들이다.

현재의 상황

웹소설이란 무엇인가?

웹소설은 크게 세 가지 속성을 가지고 있다. 인터넷소설, 연재소설, 장르소설. 기본적으로 웹 기반의 베이스를 가지고 있는 소설을 웹소설이라고 부른다. 최초 작성이 웹에서 이루어졌고, 웹에 게재되는 것이 첫 번째 목적이었던 소설이다.

또한 이 말은 단편소설을 칭하지 않는다. 연재가 될 만큼 길이와 연속성을 가진 소설, 연재 – 시리즈물을 말한다. 동시에 장르소설이어야 한다. 장르는 판타지, 로맨스가 핵심을 차지하고 있다. 이렇게 말하면 장르에 대한 선입견으로 '『반지의 제왕』이나 『트와일라잇Twilight』 같은 것만 웹소설이라는 거야?'라고 생각하기 쉬운데, 장르소설로서의 판타지는 한국에서 많이 변형되었고 로맨스는 부분적 요소로 개입이 안 된 작품을 찾기가 어렵다.

물론 이외의 소설도 웹소설이라고 할 수 있다. 펄 벅의 『대지』가 분할되어 웹에서 연재 서비스된다면 이것을 웹소설이라고 불러도 되긴 할 것이다. 또는 조정래의 『정글만리』가 처음부터 웹에 업로드 되었다면 그것도 웹소설이라고 불렸을 것이다. 그러나 많은 독자들은 그것을 웹소설이라고 부를 때 좀 어색함을 느낄 것이다. 독자들이 생각하는 장르소설이 아니기 때문이다.

그럼 인터넷에 연재되는 장르소설이라면 다 웹소설이라 불러도 될까? 장르소설이라 해서 모두 웹소설의 성질을 가지고 있지는 않다. 엔터테인먼트적인 성격이 강한 일본의 라이트노벨도 웹소설로 만들면 어색해진다. 종이책으로 최초 발간이 된 글을 웹 연재물로 옮겼을 때 어색해지는 이유는 분량을 자르는 데만 신경 쓰고 내용의 리듬을 신경 쓰지 않았기 때문이다. 이는 연재물을 책으로 만들었을 때도 느껴지는 문제이다.

결국 위 세 가지의 조건이 합쳐진 소설이 우리가 통상적으로 생각하는 웹소설이라고 할 수 있겠다.

'스낵컬처(snack culture)'라는 말을 들어 본 적 있을 것이다. 카카오페이지의 성장세를 설명하는 기사에서 특히 많이 사용된 단어로, 카카오페이지의 성장 요인은 스낵컬처, 즉 짧은 시간에 볼 수 있는 콘텐츠를 제공했기 때문이라는 분석들이 많았다.

개인적으로는 아니라고 생각한다. 스낵컬처에는 웹소설뿐 아니라 웹툰, 웹드라마 등도 포함되는데, 웹드라마의 경우에는 아무리 짧게 제공해도 성공한 예시가 극히 드물다. 그나마 〈미생〉 웹드라마가 성공했으나(이 웹드라마의 제작 이후 tvN 드라마 〈미생〉이 만들어졌다) 이것도 원작 『미생』의 유명세에 비하면 턱도 없다. 단순히 짧게 나누어 제공하는 데 성공 요인이 있다면 이미 존재하던 연재 사이트들은 모두 대박을 쳤어야 한다. 무엇보다 단편소설이 웹소설 시장에서 인기가 없다는 사실이 '짧은 분량'이 히트 요인이라는 분석에 의문을 품게 한다.

물론 스낵컬처는 현 시대를 설명하는 중요한 단어이긴 하다. 사람들은 여유를 내기도 힘들고 집중하기도 어렵지만 그 안에서도 즐거움을 원하며 찾고 있다. 그러나 웹소설은 다르다. 한 편을 보는 데야 오래 걸리지 않지만 스낵처럼 가볍게 먹는 식으로 소비되지는 않는다. 웹 기반 소설들은 대부분 아주 긴 장편이며 독자는 다음 편을 기대한다. 관성적인 형태이기는 하지만 독자들이 수용하지 않았다면 이 형태는 이어지지 않았을 것이다.

독자들은 꿈을 꾸고 싶어 한다. 마음에 드는 세계를 발견하면 오래 잠겨 있고 싶어 한다. 판단과 선택이 어려운 환경에 놓여 있기 때문이다. 한국의 여러 지표는 사람들이 지나치게 피곤해하고 있으며 집중을 하기 힘들어한다는 것을 보여 준다. 새로운 선택을 하기 위한 탐색과 투자는 힘겹고 지치는 일이기 때문에 한 번 선택한 것이 지속되기를 원한다. 피로한 일상 속에서 독자들은 쉽고 가볍고 편안하고 즐거운 것을 찾으며 작가들은 이러한 것을 제공한다. 그것이 팔리기 때문에, 이 일이 업인 이상 먹고 살기 위해서라도 그쪽 방향으로 몸을 틀게 된다.

많은 작가들은 소모되고 있다. 현재 많은 연재 시장은 1일 1연재, 또는 격일 연재를 중심으로 형성되어 있다. 독자의 소비 패턴이 그러하며 이것이 이윤을 극대화하기 좋기 때문이다. 하루 또는 이틀에 5000~7000자를 쓴다는 것은 생각처럼 쉬운 일이 아니다. "그까짓 거 그냥 막 쓰면 되는 것 아니냐? 어려워 보이지 않는다"라고 말하는 사람들은 너무나 많다. 그 사람들을 앉혀 놓고 오늘 하루 있었던 일을 일기로 써 보라고 하면 1000자 쓰는 데 몇 시간이 걸릴 것이고, 그렇게 오래 걸렸다는 데 스스로 놀라서 경악할 것이다.

어떤 작가들은 네 시간에 몇 만 자를 쓴다고 한다. 그렇게 쓰는 것도 능력이다. 나는 평균적으로 한 시간에 1000자를 쓰는데 많은 동료 작가들은 이것을 '평범한 생산량'이라고 한다.

이 시장은 작가를 많이 소모하고 있으며 예전부터 작가를 갈아먹어 왔기 때문에 이에 특화된 작가들이 다수 존재한다. 그 작가들과 자신을 비교하지 말아야 한다. 빨리 쓸 수 없다면 천천히 쓰고 꼼꼼히 연재 준비를 해라. 길게 쓸 수 없다면 그에 맞춘 시나리오를 구상하면 된다. 자신의 페이스를 생각하고 그에 맞추어 움직이길 바란다.

세상은 너무나 다급하게 움직이지만 거기 휩쓸릴 필요는 없다. 한탕 하고 뜨겠다는 식의 계획은 생각처럼 쉽게 가능한 일이 아니다. 기본적으로 창작은 많은 시간이 들고 가성비가 낮은 일이다. 할 생각이 있다면 길게 보길 바란다.

전자책 시장이 도서 시장의 4%?

'전자책 매출은 도서 전체 시장의 4%밖에 안 된다.'

관련 교육이나 인터넷 매체의 글 등에서 많이 보이는 이야기다. 뉴스에도 같은 얘기가 꾸준히 나온다. 처음에는 그러려니 했으나 2014년 이후부터는 도저히 이 말에 동의할 수 없다. 사실 이 말은 정확한 출처가 존재하지 않는다. 그저 출판 관계자의 입에서 끊임없이 재생산되는 말이며 정확한 증거 제시가 없다. 미국의 도서 상황에 대한 이야기라고 하는 경우도 있었다.

최근까지도 돌아다니는 '전자책 시장은 도서 시장의 4%'라는 발화에 대해 한 번은 짚고 넘어가야 할 것 같다. 월 500만 원에서 1000만 원까지 꾸준히 수입이 발생하는 작가가 다수 존재하는 있는 시장이 전체의 4%라니. 나는 이것이 몇 가지 오류가 있는 말이라고 본다.

첫 번째로, '전자책을 취급하는 종이책 서점'에서만 나온 통계가 아닐까 하는 의심이 든다. 이런 서점으로는 예스24, 알라딘, 교보문고가 있는데 이 세 서점의 경우 공통적으로 아직까지도 뷰어에 대한 평가가 좋지 않다. 최근에는 나아졌다고 하나 전자책 독자들은 이미 좋은 뷰어들을 여럿 체험해 보았다. 그리고 원래 종이책이 메인 판매 물품인 곳이기에 이들 서점에 방문하는 사람들은 대부분 종이책 구매자들이고 상품 구성도 종이책 위주로 이루어져 있다. 아직도 대중에게 '전자책'은 익숙한 물건이 아니다(긍정적으로 말하자면 우리는 아직 더 돈을 벌 수 있다).

즉 '전자책 전용 서점'인 리디북스, 북큐브, 네이버북스와 같은 서점의 데이터가 포괄되지 않았을 가능성이 크다는 것이다. 간혹 출판 시장 통계를 검색하면 이들 서점의 리스트가 없다.

두 번째로 '연재 수익'은 아예 계산하지 않았을 가능성이 크다. 사람들은 대부분 전자책과 연재를 다른 것으로 여긴다. 그러나 본질적으로 인터넷 연재는 전자책을 분할하여 판매하는 형태이며, 두 계약은 동일한 '전송권' 계약으로 취급된다. 그런데 이 시장의 수익 계산에 조아라 노블레스나 카카오페이지 연재 매출이 전혀 계산이 안 되었다면? 카카오페이지의 연재물은 확실히 계산이 되지 않았을 것이라고 보는데 카카오페이지는 동영상 등도 업로드 가능하기 때문에 판매하는 콘텐츠가 아예 도서로 분류되지 않는다.

아직까지 전자책 시장이 종이책보다 큰 분야는 장르소설뿐이며 종이책 시장에는 전자책보다 더 다양한 분야가 출간되고 있다. 그러나 그것을 감안한다고 해도 전자책 시장이 전체의 4%라는 것은 납득하기 어렵다. 정확한 근거가 있는 새로운 통계가 나왔으면 한다.

한국
장르소설의
이해

장르를 이해해야
선택할 수 있다

웹소설의 중요 요소 중 하나로 장르성을 꼽았다. 어떤 이유나 목적으로 글을 쓰든 웹소설에서 장르의 선택은 중요하다. 여기서는 웹소설에서 큰 폭을 차지하는 '장르성'에 대한 설명을 간단하게 하려고 한다.

장르소설과 전혀 관계없던 사람에게는 장르에 대한 이해가 부담스럽게 느껴질 수 있다. 이해도를 높이기 위해서는 인기 소설 몇 개를 찾아보는 것이 가장 빠르다. 나는 장르에 대한 이해가 크지 않아도 쓰는 데는 아무런 문제가 없으며, 더 나아가 딱히 그 장르를 좋아하지 않아도 상관없다고 생각한다. 외부인의 시각에서 납득이 안 되는 점, 맘에 들지 않는 점을 비판적으로 그릴 수도 있으며 그런 부분이 새로운 관점으로 받아들여질 수도 있다. 어쨌든 다른 시각은 기본적으로 귀한 것이다.

그러나 그렇다고 해서 막 쓰지는 말자. 편견을 기반으로 쓰거나, 장르소설 자체를 조롱하거나, 무시하고 대충 대하는 것을 사람들이 못 알아보지는 않는다. 웹소설을 밥줄이나 수익 루트로 생각하고 접근할 것이라면 최소한의 예의와 성실함은 갖춰야 한다.

판타지

판타지는 이미 많은 사람들에게 익숙한 장르이다. 『반지의 제왕』이나 『해리 포터』 시리즈만 언급해도 '판타지'에 대해서는 다들 감을 잡는다. 이처럼 판타지는 기본적으로 전설과 민담, 검과 마법으로 대표되는 과거의 세계를 기반으로 하고 있지만 한국 웹소설 시장에서의 판타지는 전혀 다른 형태가 되었다.

앞서 말한 PC통신 시절의 '1세대 판타지소설'들은 『반지의 제왕』 같은 유명 작품들과 유사한 면이 있었다. 그러나 한국 판타지는 서구권 판타지가 아닌 TRPG˙, JRPG˙˙, 일본 애니메이션 등의 영향 아래에서 태동했다.

당시 한국 판타지는 TRPG와 JRPG의 룰로 디테일을 채웠다.

● 테이블톱 롤플레잉 게임(Tabletop Role-playing Game). 게임의 룰북(rule book)을 베이스로 하여 즐기는 게임. 판타지뿐만 아니라 다양한 배경의 룰들이 있다. 『던전 앤 드래곤Dungeons and Dragons』, 『겁스Gups』 등이 대표적이며 소설을 기반으로 한 TRPG 룰북들도 있다.

그중에서도 각종 룰북은 그 설정의 상세함 때문에 수없이 도용되었는데 최대 피해자는 D&D, 즉 『던전 앤 드래곤Dungeons and Dragons』일 것이다. 1990~2000년대에 발간된 한국 판타지소설에서는 마법사가 아침에 '메모라이즈' 같은 기술을 써 마법을 기억해 두는 장면을 종종 볼 수 있다. D&D에서 설정한 게임 룰이 그대로 적용된 경우이며 저작권 침해의 소지가 있다. 이외에도 용의 색상에 따라 속성이 다르다는 설정이나 무기류의 특성 등 D&D는 정말로 마지막 잎새까지 털렸다.

시간이 지나 재출간된 소설들의 경우 이런 문제를 지적받아 수정된 내용을 출간하기도 했다. 하여간 이때의 스타일을 한마디로 정의하자면 'D&D로 디테일을 살린 JRPG'라고 할 수 있겠다.

판타지소설 변천사

이후로도 이 '판타지 월드'의 형태는 계승되지만 2000년대 대여점 시대가 열리면서 많은 변화가 생긴다. 당시의 대표적 작풍을 들자면 '이고깽'과 '먼치킨'이 있겠다. 이고깽은 '이계 고딩 (난입) 깽판물'의 약자로 말 그대로 다른 세계로 가게 된 고등학생이 기연 등을 통해 힘을 얻어 깽판을 치는 것을 말한다. 먼치킨은 TRPG에서 유래한 용어로, 이 경우에는 '지나치게 강력한 힘으로 모든 문제를

●● 일본식 RPG 게임을 말한다. <영웅전설>, <파이널 판타지>, <드래곤 퀘스트> 시리즈 등이 대표적.

해결해 버리는 캐릭터'를 가리킨다. 해결이라기보다는 쓸어 버린다는 게 정확한 표현이다. 이 개념은 아직까지도 인터넷에서 회자되는 문제작인『투명드래곤』을 생각하면 이해가 쉽다.

또 다른 중요 요소로는『묵향』을 시조로 한 '퓨전물'이 있다. 이는 무협과 판타지 세계를 오가는 이야기를 말한다. 현재는 잘 쓰이지 않는 용어이며, 쓰이더라도 다양한 장르적 요소가 뒤섞인 소설 전체를 가리키는 말이 되었다. 이 유행을 기점으로 판타지와 무협이 묶여 '판무'라는 축약어로 불리기 시작했다.

대여점 시대의 끝물이 되면 참 별것이 다 나온다는 느낌의 작품들이 쏟아져 나오는데, 어떻게든 눈에 띄기 위한 노력이었을 것이다. 이후 대여점에 기대는 장르들은 긴 침체를 겪었지만 그동안 장르의 발전이 없었던 것은 아니다. 마력을 동력으로 하는 판타지 스타일의 로봇이 나오는 기갑물, 과거로 돌아가는 회귀물, (특수 능력을 포함해) 기업가가 되어 이것저것 시도하는 기업물, 초능력물, 게임 세계를 배경으로 하는 게임 판타지 등이 등장했다.

판타지는 계속 세분화되었다. 연재 시장이 활성화되던 2014년 즈음에는 현대 판타지, 기업물, 게임 판타지가 강세였는데 괴물을 사냥하고 돈을 번다는 내용의 '헌팅물'이 빠르게 '레이드물'로 발전한다. 또 괴물을 사냥해서 부를 얻고 그 부로 갑질을 하는 내용이 인기를 얻으며 '갑질물'이라는 카테고리가 또 추가된다. 그 다음에는 스포츠물이 인기를 끌었는데, 평범하게 야구나 축구를 하는 것이 아니라 주인공에게 게임처럼 스테이터스를 보는 등 특수 능력이 생기거나 과거로 회귀하여 미래를 알 수 있게 되어 훌륭한 선수가 되는 내용이 기본이다. 더불어 의사, 변호사 등 각종 직업 군들이 자신의 능력으로 문제를 해결하는 '전문가물'도 나온다.

자. 여기서 한 번 돌이켜 보자. 지금 말한 것들 중 『반지의 제왕』 이나 『해리 포터』가 연상되는 것이 있었나?

지금, 한국 판타지소설의 형태

현재 한국의 판타지소설은 검과 마법과 궁정의 이야기가 아니다. 오히려 '일반소설', '대중소설'에 가깝다. 작가와 독자들은 판타지로서 장르적 요소가 있으니 판타지소설이라고 부르지만 대중소설에서 주인공이 환상적이고 특수한 능력을 가진 인간인 것은 꽤 흔하다.

'판타지'라는 단어에 너무 큰 의미를 두지 않길 바란다. '이고깽'을 꿈꾸던 독자들은 이미 옛날에 어른이 되었다. 그들은 현실에서의 만족을 꿈꾸고 판타지소설 역시 현실적인 욕망의 구현을 그린다.

2014년 이전부터 이미 판타지는 거의 남성 독자 취향으로, 대다

수 작품들의 배경이 현대 사회로 이동했으며 2015년 전후로는 전문 직업인의 이야기를 주종으로 삼는 것이 대세가 됐다. 현재 판타지소설은 특히 30대 이상의, 사회생활에 지친 남성의 욕망을 직격으로 노리는 장르이다.

무대는 현실로 이동했고 작가들은 '기연이나 치트, 특별한 능력을 얻어 사회적으로 성공하는 이야기'를 쓰게 되었다. 상사를 설설 기게 하는 것, 여자들을 타입별로 꿰차는 것, 이놈 저놈 다 짓밟고 다니는 내용은 기본 탑재했다. 또한 사회 이슈 적용이 매우 빠르다. 민감도는 작품마다 다르나 현재 웹소설 시장에 맞는 판타지소설을 쓰고 싶으면 이 점을 염두에 두어야 한다.

또한 한국 판타지소설이 태초부터 현재까지 게임 산업과 연관이 깊다는 것도 고려하면 좋다. 게임에서 모티브나 이슈, 세계관, 레이아웃을 따오는 것이 많고 독자들도 이를 익숙하게 여긴다. 정통 판타지소설, 중세 판타지소설이 발붙일 자리가 없지는 않다. 그러나 확실한 스토리나 정보량으로 압도할 수 있다는 자신감이 있지 않은 한 권하기 힘들다. 현재도 중세풍 검과 마법의 세계 모티브는 계속 사용되고 있지만, 그것의 활용법도 예전과 같지는 않다.

로맨스

로맨스소설은 인기 있으면서도 오해가 많은 장르다. 왜냐하면 많은 이들이 '남녀가 연애를 하면 성립하는 장르'라고 생각하기 때문이다.

한국에서 로맨스소설은 다른 장르보다 역사가 좀 더 길다. 1980년부터 캐나다 로맨스소설 출판사 할리퀸(Harlequin)에서 발간되는 할리퀸 시리즈가 수입되었다. 당시 할리퀸은 한국에서 10대 위주로 소비되었는데, 사실 할리퀸은 성인 여성을 대상으로 한 소설이다. 현재로 보자면 15금 정도의 수위이지만 당시 여학생들에게는 상당한 자극을 주며 인기를 얻었다. 이처럼 소비된 지는 오래된 장르지만 국내 작가의 작품이 처음 출간된 것은 1996년이다.

판타지소설 붐보다 조금 이른 정도의 시기다.

서양의 할리퀸 시리즈를 비롯한 로맨스소설에 대해 좀 조사해 보면 알게 되겠지만 로맨스소설은 그 역사가 오래되었으며 굉장히 세분화되어 있는 장르다. 동시에 굉장히 규격화되어 있다. 시대에 따른 변화가 상당히 적은 장르이며 때문에 규범이 매우 명확하게 명문화된 몇 안 되는 장르기도 하다.

엄격한 규범이 있는 장르

장르는 규범 아래에서 성립된다. 그리고 로맨스는 규범이 명확한 장르다. 먼저 나는 규범이 존재하는 장르로서의 로맨스소설을 '협의의 로맨스'라고 부르고, 사람들이 흔히 생각하는 남녀가 연애하는 이야기, 소설뿐만 아니라 만화, 게임, 드라마, 영화의 로맨스를 '광의의 로맨스'라고 칭한다는 걸 밝혀 둔다.

'연애 이야기를 하는 드라마가, 로맨틱 코미디 영화가 곧 로맨스 아닌가? 뭐가 다르지?'라는 의문을 가질 수 있다. 그 부분에 대해서는 '글틴'에서 연재된 「로맨스 이야기」에 잘 정리되어 있다. 먼저 '전미 로맨스소설 작가 협회'가 말하는 로맨스소설의 규칙을 간단하게 보자.

● 박대일, 「로맨스 이야기」, 글틴, 2008. 3. 14 (http://teen.munjang.or.kr/archives/2121)

– 사랑 이야기가 중심이 되어야 한다.

– 감정적 만족을 주어야 한다.

– 긍정적 엔딩을 맺어야 한다.

국내의 경우 '2003년 한국 로맨스소설 작가 협회 세미나'에서 『공녀』의 김지혜 작가가 정의한 바가 있다.

– 주된 초점은 남녀의 관계에 맞춰져 있고 모든 요소는 그 완성을 위해 치달림.

– 독자가 여성임을 뚜렷하게 의식하고 쓴 소설.

– 현실적 가치인 결혼, 가정에서 오는 감정적 성취감을 제공함.

이 조건이 절대적인 것은 아니다. 미국에서나 한국에서나 '해피 엔딩'을 매우 중요하게 생각하고 있지만 배드 엔딩인 인기 소설이 없었던 것도 아니다. 로맨스소설을 쓰고 싶다면 이런 부분들을 참고해 요소를 잘 조합해 봐도 될 것이다. 그러니 나는 좀 다른 이야기를 해 볼까 싶다.

💥 사랑을 꿈꾸는 소녀가 읽는 소설?

로맨스소설에 얽힌 편견을 한 문장으로 쓰자면 다음과 같을 것이다. '비현실적이고 낭만적이며 순수한 사랑을 꿈꾸는 10대 여성이 읽는 소설'. 미디어에서 이제 이런 게으른 모델을 세우지 않았으면 하는 소망이 있다.

먼저 로맨스소설은 기본적으로 성인 여성을 위한 장르다. 정확히는 기혼 여성을 위한 장르라고 하는 게 맞을지도 모르겠다. 관계자들은 늘 로맨스의 핵심 소비층이 40~50대 여성이라고 말해 왔는데 이는 1980년대에 할리퀸 시리즈를 읽던 세대라고 보아도 될 듯하다.

관계자나 작가들, 독자들 사이에서도 "로맨스소설은 보수적"이라는 말이 자주 나온다. 한국만 그런 것이 아니다. 외국에서도 로맨스소설은 기혼 여성, 그중에서도 보수적 가치를 중시하는 사람들이 주축이 되어 있는 장르이다.

로맨스소설은 순수하고 정신적인 사랑만을 추구하지도 않는다. 로맨스소설에 대해 편견을 가진 남성들이 실제로 로맨스소설을 접하고 가장 충격 받는 부분은 남자주인공의 성적 매력을 평가하는 장면이나 섹스 장면이 존재한다는 것이다. 표현 수위는 가벼운 것부터 과격한 것까지 다양하게 있지만 어쨌든 로맨스소설에서 섹스 묘사는 필수라고 해도 과언이 아니다. 로맨스소설은 성인 여성을 위한 장르이기 때문이다.

로맨스소설을 텔레비전 로맨스 드라마와 하나로 묶으면 안 된다. 가깝기는 하지만 전혀 다르다. 드라마는 연애가 중심이되 핵심은 아니며 기본 정서가 다르다. 유사점이 많은 로맨스판타지 소설과도 기본 정서가 달라 독자층이 분리되어 있다.

마찬가지 이유로 외국 드라마를 보고 '협의의 로맨스'를 이해하려고 하면 안 된다. 로맨스소설이라는 장르 자체가 지역적 특색이 강하다. 〈섹스 앤 더 시티Sex and the City〉의 유행 이후 칙릿(Chick-lit) 장르가 수입되었으나 국내에서는 흥행하지 못했다. 일본 소녀소설도 수입되었으나 누가 알아주기도 전에 사라졌다. 서양 배경이나 판타지 요소도 이 협의의 로맨스에선 소수 취향이다. 한국 로맨스소설 분야에서 가장 인기 있는 세부 장르는 현대물 또는 동양풍 시대물이며, 모 로맨스소설 커뮤니티의 의견에 따르면 로맨스소설 독자들이 로맨스 외에 선호하는 장르가 무협소설이라고 한다. 주 독자들의 연령과 관계있지 않은가 싶다.

🌸 여성은 현실적, 사회적 성공을 원한다

로맨스소설은 여성의 '사회적인 성공'을 다룬 장르다. 남성들은 이 점을 이해하기 힘들 것이다. 결혼은 사적인 일 아닌가? 그걸 어떻게 '사회적인 성공'이라고 말할 수 있나? 반대로 여성들에게는 와 닿는 부분이 있을 것이다.

로맨스소설을 어리석은 여성들의 낭만적인 꿈이라고 비웃는 경우는 보기 흔하다. 그러나 이런 사람들은 여성이 자신의 인생을 바꿀 수 있는 기회가 결혼밖에 없었던 사회적 배경은 전혀 생각하지 않는다(결혼마저도 집안에서 정하면 자기 의지와 상관없이 따라야 했던 경우가 더 많다). 여성은 사회적 진출이 불가능하거나 그 한계가 명확했다. 현재도 결혼과 임신 후 직장에서 자리를 잃는 여성들이 수두룩하고 본래 자신이 속한 가족에서 탈출하기 위해 외부 남성의 협조가 필요한 경우가 많다. 여전히 여성의 역할은 어머니나 부인으로 규정되며, 본인의 성과보다는 누구의 부인이고 어머니인지가 여성의 사회적 지위를 결정한다.

이토록 자신의 운명을 크게 좌우하는 것이 보다 완벽하기를 바라는 마음이 환상으로서 작동하는 것은 당연하지 않을까? 로맨스소설의 독자들은 자신의 현실적인 한계, 사회 규범을 명확히 이해하고 있다. 만일 여성에게 평등한 사회 진출과 권력이 용인되었다면 여성들 역시 지금의 남성향 판타지 같은 장르를 선호했을 것이다.

많은 로맨스의 법칙들은 여성의 사회적 한계와 긴밀하게 연결되어 있다. 예를 들어 로맨스소설의 여성 주인공은 "수동적"이라거나 "사회에서 규정하는 여자로서의 틀을 벗어나지 못한다"는 비판을 받는 경우가 많은데 이것은 사회적인 성공을 다루는 만큼 '사회적 규범'에서 벗어나는 여성 캐릭터를 운용하기가 힘들기 때문이다.

협의의 로맨스는 분명히 두 남녀가 사랑에 빠지고 사랑하는 과정을 그린다. 많은 독자들은 등장인물들이 내뿜는 감정의 소모와 분위기를 즐긴다. 그 과정에서 일탈이 나타날 수도 있고 등장인물들의 사랑이 사회 보편적인 형태가 아닐 수도 있다. 그러나 독자가 이 이야기를 읽는 최종적인 이유는 '세상의 규범에 어긋나지 않는 여성'으로서의 욕망이 반영된 안정적인 세계가 존재한다는 것을 확신하고 안심하기 위해서다.

간략하게 말하자면 협의의 로맨스가 보여 주는 것은 여자의 욕망을 실현해 줄 수 있는 남자가 여자에게 완벽히 종속되는 과정이다. 남성 대상 판타지소설에서는 남자 주인공이 여러 여성을 맞이하여 자신의 모자란 면이나 다양함을 보완한다. 우리 사회는 암묵적으로 남성에게는 '여러 여성'을 용인하기 때문이다. 그러나 여성에게는 한 남자만이 허락되기 때문에 로맨스소설에서 남자 주인공은 '완성된 남자', 올인원(All-in-one)으로 설정된다. 많은 로맨스소설에서 남자 주인공이 작품 내 상위 권력자로 등장하는 이유도 이것이다. 단 한 사람만 고를 수 있기 때문에 그는 그 세계에서 최고의 존재여야 한다.

완벽의 정도는 조절이 될 수 있으나 어쨌든 여성 독자들이 이야기를 읽으며 현실적인 문제로 걱정을 하게 만들어서는 안 된다. 남자는 여자의 고민, 문제, 괴로움을 해소해 주며, 이런 과정을 통해 여자는 남자가 자신을 인정하며 존중하고 배신하지 않고 절대 복종하여 자신에게 주도권을 넘겼다는 것을 확인한 다음 자신을 맡긴다. 여자는 남자를 통해 지긋지긋한 세상을 탈출해 '완전한 세계'로 이동한다. 여자는 남자에게 비호받으며 남자를 인정하는 이들에게 그의 부인으로서 인정받고 존중받는다.

많은 로맨스소설은 결혼과 임신, 출산을 마지막 장면으로 제공하는데 이는 독자가 이입한 여자 주인공이 '현실 사회 속의 여성'으로서 결함 없이 기능한다는 자신감과 가족의 성립에서 오는 안정감을 제공한다. 아이의 성장 이후까지 묘사되는 경우 아이는 어머니에게 무한한 애정을 바치며 여자 주인공 또한 자애로운 어머니의 모습으로 그려진다. 사회가 규정하는 여성의 규범을 빠짐없이 달성한 모습이다. 누구도 그 모습에 이의를 제기할 수 없으며 모두가 자신에게 애정으로 복종한다. 이렇게 '이상적인 여성'으로서 존재할 수 있는 완벽한 자신의 왕국이 건설된다.

🌸 남자 주인공, 대리자이자 그림자

로맨스소설 남자 주인공은 완벽해야 한다고 했다. 그러나 텔레비전 드라마와 로맨스소설을 포함해 여러 로맨스 매체 속 남자 주인공은 완벽한 사람이라고 하기에는 무척 무례하거나 때로는 폭력적이기까지 하다. 왜일까?

현실 사회에서 여성에게 허락되지 않기 때문에 여자 주인공이 가지면 흠이 되어 버리는 성향이나 욕망을 남자 주인공이 대리하는 측면이 가장 크다. 동시에 폭력적인 남자를 굴복시키는 과정이 맹수조련사적 쾌감으로도 작동한다. 남자 주인공은 독자의 이입 대상인 여자 주인공의 기분이 나빠질 때 "물어"라고 하지 않아도 알아서 적을 물어뜯어 주는 무기가 된다.

또 하나의 맥락은 종속의 표현이다. 로맨스소설 중에는 폭력, 강간, 감금 등 범죄적 묘사를 한 작품도 많다. 주로 남자 주인공이 여자 주인공에게 가하는 것인데 남자의 소유욕, 즉 여성에게 감정적으로 강하게 종속되어 있지만 둘의 관계에 확신을 가질 수 없기에 불안을 해소하기 위한 격한 감정의 발현으로 포장된다. 남자가 여자에게 복종하고 종속되었음을 집착과 소유의 형태로 표현하는 것이다. 그러나 내막이 어찌 되었든 겉으로 드러나는 것은 폭력이기 때문에 연재 공간이나 커뮤니티에 따라 이런 소재는 금지되기도 한다. 정신적 문제, 약점, 트라우마 등을 가진 남자 주인공도 많다.

많은 경우 그들의 약점은 여자 주인공이 해결해 주며, 이 때문에 남자 주인공은 여자 주인공을 신격화하고 완전한 복종을 약속한다.

로맨스소설은 다른 장르에 비해 변화 속도가 늦다. 물론 시대가 변화하며 여자 주인공과 남자 주인공의 상에도 조금씩 변화가 생겼으나 핵심 코드는 여전히 그대로이며 여전히 '이상적이지 않은 여성', 즉 남성과 같은 사회적 성공을 거두거나 인정 욕구, 권력욕, 질투, 성욕을 가지는 여성은 악역으로 등장, 처벌받는 경우가 많다.

사실 로맨스소설의 욕망은 현재의 판타지소설과 그렇게 다르지 않다. 둘 모두 '내가 이 세상에서 꿈꿀 수 있는 최고의 나'를 즐기고 싶어 한다. 판타지소설과 다른 점이라면 로맨스소설에는 '이 세상의 한계 안에서'라는 조건이 붙는다는 부분이겠다. 남성향 로맨스소설에서도 유사점은 많이 보이지만 여성향 로맨스소설만큼 확실하게 규범화되어 있지는 않다.

마무리하자면 로맨스소설은 낭만적 공상에 기반한 장르가 아니다. 현실의 벽을 아는 여자들이 환상이라는 벽돌로 완벽하게 쌓아 올린 성이 바로 이 협의의 로맨스다. 협의의 로맨스를 쓸 생각이 있다면 이런 욕망에 대해 이해해야 한다. 허황된 꿈이나 환상의 가치를 추구하지 않으며, 무척 현실적인 성공과 권력, 인정을 성취하는 것을 목표하는 장르이므로 섣부른 편견을 안고 손대지 않길 바란다.

로맨스판타지

로맨스판타지를 따로 분류하여 설명해야 하는지 고민했다. 하지만 현재 웹소설 시장에서는 로맨스판타지 소설과 로맨스소설을 별도로 분류하여 제공하며 독자들도 차이를 인지하고 있다. 분류나 과정에 약간의 특성도 있어 설명하고자 한다. 내 스탠스 역시 이 장르에 가깝기도 하다.

어떻게 갈라져 나왔는가

로맨스판타지 소설은 현재의 판타지소설과도 다르고 로맨스소설과도 다르다. 판타지소설이 아예 현실과 붙어 버린 현재, 로맨스판타지는 정통 판타지나 90년대풍 판타지가 아직도 나오는 창구이기도 하다. 그러나 흔하지는 않으며 이 장르의 주 종목은 귀족 사회와 왕궁을 배경으로 한 궁정 판타지다.

이 장르는 판타지소설에서 발원했으며 협의의 로맨스와는 큰 관계가 없었다. 이전에는 그냥 '여자 주인공 판타지', '여주 판타지'라고 불렸는데 주인공이 남자인 판타지소설보다는 연애 요소가 중요하게 취급되었다.

앞서 판타지소설의 대여점 유통이 흥하던 시대에 여자 주인공 판타지는 출간이 어려웠다는 이야기를 했다. 때문에 여자 주인공 판타지소설들은 거의 출간이 되지 않은 채로 계속 무료 연재처의 데이터베이스로 남아 있었으며 작가들도 별 기대 없이 취미로 썼다가 삭제하거나 개인 출간을 하는 정도로 만족했다. 출간 붐을 타고 많은 남성 작가들은 전업 작가로 전향하였으나 여성 작가들에게는 그 기회가 주어지지 않은 것이다.

남성 작가들이 계속 출간 및 유료 연재 시장으로 가는 동안 비어 버린 무료 연재 게시판은 아무도 집어 가지 않는 이 여성 작가들이 가득 채웠다. "아, 여자 주인공이네. 안 봐요", "아, 여자 작가네, 안 봐요" 같은 댓글이 달리고 여성 작가 글은 드레스 묘사 따위나 하느라 수준이 떨어진다는 말이 아무렇지도 않게 나오던 때였다. 이런 경향이 심한 연재 사이트는 여성 작가들에게 버려졌다.

이런 분위기로 인해 여성 작가들이 쓴 여자 주인공 판타지소설은 특정 연재 사이트로 몰리게 되었고, 여자 주인공 판타지가 순위권에 집중되는 현상이 일어났다. 협의의 로맨스에 질린 여성 독자들이 여자 주인공 판타지를 읽는 경우도 많았다. 이런 흐름을 좋아하지 않는 독자들은 로맨스 요소가 많은 궁정 판타지는 판타지가 아니며 이런 작품 때문에 정통 판타지가 노출되지 않는다고 주장하여 다투는 일이 오래 반복되었다.

이런 갈등 과정에서 '로맨스판타지'라는 단어가 탄생했다. 그래도 여전히 여주 판타지라는 말이 더 많이 사용되었으나 2011년 조아라 프리미엄 코너 오픈 이후로는 로맨스판타지라는 호칭으로 불리는 경우가 더 많아졌다.

개인적으로는 이 호칭이 굳어진 것이 아쉽다. 남자 주인공이 판타지 세계에서 연애하고 세계를 구하고 운명과 싸우고 결혼하는 이야기를 로맨스판타지라고 부르는 사람은 없기 때문이다. 동시에 이 호칭은 기존의 여성향 판타지, 여자 주인공 판타지의 개념을 완전히 흡수해 버렸기 때문에 여자 주인공 판타지는 곧 '로맨스'로 한정되어 버렸다.

✿ 협의의 로맨스와의 차이

로맨스판타지는 협의의 로맨스와는 그 성질이 아주 다르다. 판타지소설에서 기원했기 때문에 기본적으로 사변적이다. 협의의 로맨스소설은 대부분 한 권, 길면 세 권으로 끝나지만 로맨스판타지소설은 같은 분량이라고 할 때 기본적으로 다섯 권은 잡고 들어가는 경우가 많다.

로맨스판타지 소설은 협의의 로맨스소설보다는 순정만화 쪽의 계보를 따르고 있다. 결혼으로 상징되는 세계가 목표라는 점에서 로맨스소설은 여성향 판타지소설이나 순정만화와 많이 다르다. 후자의 둘은 그냥 연애만 하다가 이야기가 끝나는 경우가 많다. 이 독자층은 연애를 중요한 이야깃거리로 여기기는 하나 연애나 결혼을 현실적이고 성취해야 할 절대적 가치로 여기지는 않는다.

이 장르가 협의의 로맨스가 가진 특징들을 답습하지 않았다는 의미는 아니다. 사회가 규정하는 여성상이나 모든 능력을 다 가진 남자 주인공, 결혼 등 규범적 관계에서 벗어나지 못하는 면은 분명 존재한다. 그러나 그것을 '최선의 가치'로 삼지는 않는다는 뜻이다.

이 차이에는 세대차가 크게 작용할 것이다. 로맨스판타지 소설의 독자층 연령대는 협의의 로맨스소설보다 낮고 10대가 다수 포함되어 있다. 그리고 10대 독자들이 향유하는 현대 로맨스소설은

'정통 로맨스'가 아닌 '하이틴 로맨스', '인터넷소설' 등으로 분류된다.

하이틴 로맨스라고 하지만 주인공이 반드시 미성년자인 것은 아니며 영 어덜트(young adult) 층까지 포함해 직업을 가진 성인 주인공이 등장하는 경우도 다수 있다. 현재 연재 수익을 주 수입원으로 삼는 현대 로맨스는 이런 하이틴 로맨스가 주종이다. 즉 웹소설 시장에서 인기 있는 로맨스소설은 협의의 로맨스보다는 로맨스판타지를 포함한 하이틴 로맨스라는 것이다. 전자책에서는 협의의 로맨스가 절대 강자지만 연재 시스템에서는 그다지 인기가 없다. 구매층이 완결된 이야기를 선호하기 때문이기도 할 것이다.

하이틴 로맨스는 『트와일라잇』을 생각하면 쉽게 이해할 수 있다. 한국에서는 '일진물' 같은 것도 이 계보에 속한다. 협의의 로맨스소설 독자층은 이러한 하이틴 로맨스를 "수준 낮다", "저런 것 때문에 로맨스소설이 욕을 먹는다"고 말하며 자신들과 적극적으로 분리해 왔고, 현재도 로맨스 웹소설에 비슷한 반응을 하거나 기존 로맨스소실 작가가 연제하는 웹소설에 실망스럽다는 의견을 표현하기도 한다.

그런 불리함에도 불구하고 로맨스판타지 소설은 10~20대 독자들의 인기를 얻어 성장해 왔다. 10대에 데뷔해 작품 활동을 하는 작가들도 있다. 로맨스판타지 소설가들 중 장년층 작가는 소수일 것으로 짐작된다.

1980년대 말부터 1990년대까지 일본 소녀만화[*]의 경우 타임 슬립 또는 다른 세계로 떠나는 이계 진입물이 유행했는데 이 현상에 대해 "이 세상에서 자신이 무언가를 성취한다는 것이 불가능하다고 깨달은 소녀들이 아예 다른 세계를 꿈꾸고 다른 세계에 가서 자신을 실현해 내는 것"이라고 분석한 일본 번역 글을 인터넷에서 본 적이 있다. 이 해석은 대여점 판타지소설에서 인기 있던 '이고 깽'의 인기를 똑같이 설명해 줄 수 있다.

1990~2000년대에 같이 시작해 이 세상이 아닌 다른 세상을 꿈꿨지만, 남성 독자 타깃의 판타지소설은 독자와 함께 나이 먹어 가며 탈출을 포기하고 이 땅 위에서의 성공을 꿈꾸는 방향으로 나아갔다. 여성 독자들 중 나이를 먹으며 현실에 기반한 꿈을 꾸게 된 사람들은 로맨스소설로 이동했다. 로맨스판타지만이 아직도 다른 세계로의 탈출을 꿈꾸고 있다.

협의의 로맨스소설이 현실에서 적응하며 발 딛고 살아남고자 하는 이야기라면 로맨스판타지 소설은 이 세계에 대한 기대가 별로 없는 사람들의 이야기라 할 수도 있다. 이 장르에는 아직 다른 세계에서 소드 마스터가 된다든가 하는 고전 판타지소설의 특성이 남아 있다.

로맨스판타지 소설과 로맨스소설의 기본적인 차이는 여기서 현

● 일본에서는 순정만화를 소녀만화라고 부름.

실적인 가치를 꿈꾸는가, 저기서 영웅 신화를 꿈꾸는가를 선택하는 데서 생긴다. 덕분에 로맨스판타지는 아직 고전 대하 순정만화 같은 서사도 시도할 수 있다. 그러나 이 곳도 점차 로맨스 요소가 지나친 강세를 보이고 있어서 장기적으로 가면 로맨스판타지가 아니라 판타지로맨스로 장르 이름을 바꿔야 하지 않을까 싶다.

🌟 시장이 바꾼 장르의 틀

로맨스판타지 소설의 이런 변화에는 시장 상황이 크게 작용하고 있다. 로맨스판타지 소설을 군이 따로 분류해 다루는 이유이기도 하다. 로맨스판타지 소설은 원래 '판타지'에 초점을 맞춰 시작된 장르인 만큼 로맨스의 법칙과 좀 거리가 먼 작품들이 계속 나온다. 그러나 이것들은 시장에서 성공을 거두더라도 "이게 왜 로맨스냐", "로맨스 분량이 너무 적다" 같은 말을 들을 때가 많다.

먼저 지형을 살펴볼 필요가 있다. 리디북스를 필두로 전자책 플랫폼들은 장르소설을 크게 로맨스와 판타지로 분류하여 고객의 편의를 도모했고 현재도 그 분류를 유지하고 있다. 문제는 이 섹션이 필터링(filtering), 즉 정보를 그 안에서 선별하여 보여 주는 공간이 아니라 디바이드(devide), 정보를 단절해 분류해 놓은 공간이라는 것이다.

앞서 말했지만 로맨스소설은 이미 전자책 사용자가 확보된 시장이었기 때문에 이를 분류하는 것은 당연했다. 판타지소설은 여성 작가, 여성 주인공 작품이 사장된 장르였다. 자연스럽게 로맨스 코너에는 여성 독자가, 판타지 코너에는 남성 독자가 몰렸다.

그런데 로맨스판타지를 상품화하자 문제가 생겼다. 이것은 판타지지만 여성 독자를 타깃으로 한 작품이다. 그런데 여성 독자를 이미 남성 독자 위주로 형성된 판타지 코너로 유도하기는 어렵다. 물론 판타지로 분류하여 판매할 수도 있었겠지만 이미 판타지 쪽 업계인들은 '여성이 주인공인 판타지소설은 안 팔린다'는 확신을 가지고 있었으며, 독자들은 툭하면 "어떻게 궁정에서 연애만 하는 이야기가 판타지인가?" 같은 반응을 보이고 있었기 때문에 그런 시도를 할 수는 없었을 것이다.

따라서 초창기 상품화된 로맨스판타지 소설은 대부분 어떻게든 로맨스 시장의 큰 파이에 끼어들려고 안간힘을 썼다. 때문에 여성 취향의 판타지소설은 로맨스 요소가 별로 크지 않더라도 일단 로맨스소설로 분류되어 판매되었고 지금도 그렇다. 연애 요소가 전멸한 소설조차 로맨스 코너에서 판매해야 한다. 판타지 코너는 남성 독자의 장소이기 때문이다.

역으로 남성 독자 대상의 로맨스소설도 로맨스 코너에서 판매되지 못하고 판타지 코너에 올라간다. 회귀 요소라도 집어넣어서 판타지소설로 포장한다.

협의의 로맨스는 압축적으로 연애 이야기를 다룬다. 그러나 로맨스판타지 소설은 사변적이며 주인공이나 세계의 운명 등을 다루는 판타지소설의 특성을 가지고 있다. 연애 진도는 서서히 나가며 핵심은 주인공과 세계의 운명인 경우가 많다. 이것은 협의의 로맨스 독자들이 동감하거나 핵심적으로 추종하는 욕구를 성립시키기 어려운 서사다.

협의의 로맨스 독자들은 장르의 틀에 민감한 편이기 때문에 이런 소설들을 "로맨스가 아니다"라며 밀어내려고 했다. 로맨스판타지 소설을 로맨스에 편입시켜 판매하고자 했던 플랫폼들은 상업적인 이유로 점점 로맨스 요소가 강한 작품들을 끌어오게 되었고, 성과를 거두자 작가들은 인기를 얻기 위해서라도 그런 작품을 쓰게 되었다. 호칭 문제도 그러한 변화를 가속시켰다. 로맨스판타지 소설은 판타지소설로서의 특성은 최소화되고 로맨스소설의 규범과 패턴을 빠르게 흡수해 생산하는 영역에 이르렀다. 마켓의 구조 자체가 장르에 영향을 미친 경우로 볼 수 있다.

그 외의 장르

SF, 스릴러, 미스터리, 추리 등의 장르들은 웹소설 계에서 아직 입지가 약하지만 앞서 다룬 장르들의 부속으로써 자주 사용된다. 예를 들면 한때 로맨스 스릴러가 유행했고 영국 BBC 드라마 〈셜록 Sherlock〉의 영향을 받아 판타지 추리물도 유행했다.

SF는 한국에서 굉장히 어려운 장르로 취급받는다. 그러나 우리는 SF를 흔하게 접하고 있다. 〈인터스텔라Interstellar〉, 〈엣지 오브 투모로우Edge of Tomorrow〉, 〈스타워즈Star Wars〉, 〈스타트랙Star Trek〉, 〈닥터 후Doctor Who〉 등이 모두 SF다. 흔히 판타지로 분류하는 게임 판타지도 사실 SF다. 게임 판타지는 판타지풍 게임을 주로 소재로 하지만 게임이 이루어지는 공간은 어디인가? 게임을 성립하게 하는 기술은 컴퓨터 기술과 기계 기술이다. 또 게임이 실행되어 유저가 누비는 공간은 사이버 스페이스(cyber space)이며, 사이버 스페이스란 윌리엄 깁슨(William Ford Gibson)의 SF 소설『뉴로맨서Neuromancer』에서 등장한 개념이다. 물론 한국 게임 판타지소설에서 이런 면을 깊이 다루지는 않는다. 한국 게임 판타지소설에서 사이버 스페이스는 '현실의 한계와 관계없이 무한히 확장하는 내'가 판타지 세계관에서 비교적 현실적인 게임 속 공간으로 이사한 것에 가깝다.

일본 작품『소드 아트 온라인』에서 사이버 스페이스의 인상 깊은 활용을 본 적이 있다. 그 작품에서는 온라인 게임 공간을 터미널 케어, 즉 죽음을 기다리는 환자들의 케어 방법 중 하나로 사용하는 에피소드를 보여 주었는데 '기술 이용'이라는 측면에서 매우 SF적이었다. 시간 여행, 즉 회귀물이나 타임 슬립도 SF적 기원을 가지고 있다.

생각보다 SF는 우리 가까이에 있다. SF라고 하면 '기술'만 생각하는데 사회과학도 과학이다. 조지 오웰(George Orwell)의『1984』, 올더스 헉슬리(Aldous Huxley)의『멋진 신세계』는 대표적인 사회과학 소설이다. 서양에는 판타지와 SF소설을 같이 쓴 작가들이 꽤 있다. 둘 모두 사회의 모습을 투영해 그려 내기 유용한 장르이기 때문이다.

한때 인기 장르였던 '무협'은 예전에 비해 쇠퇴하였으나 여전히 웹소설에서 한 바닥을 꾸준히 차지하고 있다. 무협소설은 기본적으로 장르의 진입 장벽이 있어서 신규 유입이 적다. 제일 큰 문제는 무협의 세계관이 한자 언어권의 세계로 이루어져 있다는 것이다. 1990년대 태생부터는 한자란 '나와 거리가 먼 것', '어려운 것'인 경우가 많다. 반대로 영어는 이 세대에게 익숙하다.

역사물은 팩션이나 대체 역사소설도 많지만 주로 시간여행을 통해 현대인이 과거에 떨어지는 형태가 많다. 작가와 독자가 동양인이므로 동양 시대물이 많으며 무협과는 달리 한자 언어의 장벽이 크게 작동하지 않는다. 한자 언어의 어려움이나 거리감보다는 '역사'라는 소재에 매력을 느끼는 사람들이 훨씬 많기 때문으로 추측된다. 다만 역사적 사실이나 해석을 기반으로 독자 간, 작가와 독자 간 충돌도 잘 일어나는 장르다. 그러나 꾸준히 인기 있는 장르이므로 지식이 있다면 도전해 보는 것을 권한다.

BL(Boy's Love의 약칭)도 상업 시장에 진출했다. 혹시 모르는 사람이 있을까 봐 이야기하자면 BL은 남성과 남성의 연애와 성애를 다룬 작품 분류 명칭이다. 그러나 이 작품은 남성 동성애자가 아니라 여성을 타깃으로 한다. 이성애를 소재로 하는 로맨스소설에 비해 성애 묘사가 강한 것이 특징이며 여태까지 여러 가지 사정이나 주변의 인식 등을 이유로 상업화되지 못하고 작가 개인이 출간,

유통하는 시스템이 지속되어 왔다. 그러나 시장성은 확정된 상황이었기 때문에 현재 플랫폼들은 경쟁적으로 BL 작품을 유치하여 아직 웹소설계에 입성하지 못한 독자들을 노리고 있다. 대부분의 규모 있는 플랫폼들은 BL 섹션이나 브랜드를 별도로 운영하고 있는 중이다.

여기서 다시 플랫폼의 분류를 살펴보자. 로맨스, 로맨스판타지, BL, 판타지. 분류 중 세 가지가 여성 독자들이 대다수인 장르다. 물론 이 분류에 대해서도 여러 가지 의견이 많을 것이고, 단순히 서로 배척하기 때문에 만들어진 분류라고 주장할 수도 있다. 그러나 중요한 것은 돈이 움직이지 않으면 대분류는 만들어지지 않는다는 것이다.

'어, 그러면 무조건 로맨스소설을 써야 하는 건가?'라고 생각할 필요는 없다. 물론 유동적으로 움직이는 건 좋다. 시장은 계속 움직이고 있으므로 무조건 뛰어들 필요는 없지만 흐름에 발을 담그고 어떻게 흘러가고 있는지는 계속 파악해야 한다. 자기가 자리잡은 곳에만 있으려고 고집하지는 않아도 된다. 지금은 남성 작가들이 상업적인 이유로 로맨스판타지 소설을 쓰는 시대다. 그러나 장르에 대한 호감도 없고 독자로서의 공력도 없는데 경제적 성과에 혹해서 흔들려 봤자 성공할 확률은 그리 높지 않다. 할 수 있는 걸 하고, 쓸 수 있는 걸 쓰는 것이 낫다.

중요한 것은
키워드다

앞에서 장르에 대해 긴 이야기를 했지만 사실 장르의 구분은 큰 의미가 없다. 상업적인 의미에서는 그렇다는 것이다. 장르는 분명히 '큰 틀'을 제공하며 그 틀이 시장을 형성한다. 앞서 '로맨스판타지'가 분류상의 문제로 겪었던 일처럼 말이다.

장르는 계속 분화, 단절, 조립되고 있다. 한국 웹소설에서 말하는 판타지는 더 이상 우리가 관념적으로 생각하던 판타지소설이 아님을 짚고 넘어왔다. 자기 머릿속의 장르에 얽매이지 말자. 앞에서 말한 이야기도 참고만 해야지 절대적인 기준이라 생각하면 안 된다. 마켓 역시 계속 변할 수 있다. 그러므로 작품을 써서 벌어먹고 살려는 입장에서는 장르는 큰 섹션으로만 이해하면 된다. 실제 작품을 쓸 때 필요한 것은 '키워드'다. 키워드가 바로 실제 노출과 매출을 일으키는 핵심 요소다.

🌸 장르가 대분류라면 키워드는 소분류다

앞서 기갑물, 레이드물 같은 '물'들을 거론한 것을 기억하는가? 판타지를 포함해 로맨스 분야에도 '황공녀물', '계약결혼', '연하남', '여기사', '능력녀물' 등 다양한 세부 분류가 존재한다. BL도 마찬가지로 '무심수', '계략공', '집착공' 등 온갖 키워드들이 수도 없이 난무한다.

사람들이 찾는 것은 장르가 아니라 이 키워드다. 어떤 장르를 선호하는 독자들도 따지고 보면 그 장르의 모든 것을 좋아하지는 않는다. 판타지소설을 좋아하는 어떤 독자는 그중에서도 '기사물'만 좋아할 수도 있다.

오래 전부터 아마추어 연재처의 작가들은 키워드로 자신의 작품을 설명해 왔다. 키워드는 독자의 명료한 이해를 돕고 선택을 쉽게 만들어 주는 도구다. 판매 플랫폼은 이것에 힌트를 얻어 키워드로 검색을 할 수 있는 시스템을 제공해 좋은 효과를 얻고 있다.

장르는 대분류다. 라면, 휴지 같은 것이다. 라면을 사고 싶은 사람은 라면 코너로 가면 되고 휴지를 사고 싶은 사람은 휴지 코너로 가면 된다. 그러나 요즘 휴지와 라면의 종류는 너무나 많다. 그 중에서 어떤 휴지나 라면을 사야 할지 구매자들은 고민하게 된다.

웹소설 역시 마찬가지다. 대분류 안의 작품들 중 순위권에 올라오지 못한 채 사라지는 작품들은 셀 수도 없이 많으며 독자들은 그 작품 중에서 무엇을 골라야 하는지 알 수 없다. 키워드는 선택을 용이하게 해 준다. 휴지에 냅킨, 크리넥스, 롤휴지, 물티슈, 얇은 타입, 두꺼운 타입, 엠보싱이 있는 타입 등 특이사항을 표기하고 라면에 튀긴 면, 말린 면, 생면, 매운 맛, 순한 맛, 볶음라면 등 각 상품의 특징을 표기해 놓듯이 웹소설도 똑같이 하는 것이다.

독자들이 이런 세부 분류를 원하는 이유는 자신의 취향에 맞는 작품을 찾기 위해서다. 같은 장르 안에서도 수없이 다양한 소재, 분위기, 인물 관계성 등이 존재하기 때문에 장르만 보고 골랐다가는 자신의 취향에 맞지 않아 실패할 수 있다. 그러나 키워드로 고른 것은 작품 퀄리티가 지나치게 낮지 않은 이상 그럭저럭 만족한다. 키워드 자체가 자신의 욕망과 취향을 반영하기 때문이다. 키워드가 중요한 이유가 여기 있다.

이 시장에서는 실력이나 완성도보다 취향과 욕망이 중요하다. 장르의 큰 그림을 살피고 무슨 '물(物)'이 유행하는지 살펴보자. 사람들은 '판타지 재미있는 거 없냐?'라고 말하다가도 소설을 추천받으면 '그래서 그거 무슨 물인데?'라고 물어 본다. 애초에 소설을 추천할 때부터 '회귀물이다', '갑질물이다', '계략수다', '능력녀물이다'라는 식으로 내용과 캐릭터에 대한 정보를 주고받는 것이 일상적이다. 왜 군이 플랫폼이 키워드를 태그화시켜 달아 두겠는가? 그것이 소비자를 원하는 상품으로 유도하기 때문이다.

나는 앞에서 중요 장르의 핵심 욕망과 변천사에 대해 개략적으로 설명했다. 왜 그렇게 길게 설명했을까? 가르치려고? 아니다. 각자 이해하고 파악해 자신만의 전략을 짜는 데 도움이 되길 바라서다.

판타지, 로맨스 등의 분류가 고전적인 의미의 장르라면, 그 장르의 욕망에 기반해 생성된 다양한 키워드들은 새로운 하위 장르라고 할 수 있다. 장르가 그렇듯 키워드들 역시 분할되어 섞이며, 한 가지 성질만을 가지지 않는다는 점에 유의하자.

🌟 키워드는 이야기를 제시한다

키워드는 많은 경우 작품의 방향성을 제시하고 있다. 고전적 의미의 장르가 '큰 틀'을 제시한다면 키워드는 그보다 세부적이다.

예를 들어 '능력녀물'이라는 키워드를 보면 어떤 것이 생각 나는가? 독립적이고 프로페셔널하며 부유한 여성, 자신의 지위와 재력을 이용해 당당하게 살아가는 여성, 능력이 출중해 남성보다 사회적·관계적 우위를 차지한 여자의 이야기일 것이라는 짐작을 할 수 있다. 이것이 '능력녀물'이란 키워드가 가진 이미지다. 이 키워드가 쌓아 온 역사도 있을 것이다. 예를 들어 능력 있는 여자가 남자 하렘을 차리는 식의 구도가 여러 작품에서 반복되어 나타나면 클리셰 자체가 내용을 짐작할 수 있는 실마리가 된다.

독자는 정해진 이미지와 클리셰를 기대하며 키워드를 고른다. 생각해 보자. '능력녀물'을 고른 독자의 기대를 충족시키려면 어떤 스토리를 짜야 할 것 같은가? 대략적인 그림을 그릴 수 있을 것이다.

그러다 보면 의도하지 않아도 타 작품에서 나온 것과 유사한 장면이 나올 수 있다. 물론 표절을 장르 특유의 유사성이라고 우기는 건 씨알도 먹히지 않는다. 사람들은 바보가 아니다. 또한 기대에 부응하는 것뿐 아니라 '기대를 배신하는 것'도 중요하다. 클리셰는 답안지가 아니다. 시도하고 싶은 게 있다면 해 보는 것이 좋다.

키워드는 스토리에서 중요한 위치를 차지한다. 현재 당신이 상업적으로 성과를 거두겠다는 목표를 가지고 있다면 반드시 키워드를 잡아야 한다. 상업적인 글을 쓰겠다고 결심한 이상 어떤 카테고리에 들어갈지 결정하는 것은 정말 중요하다. 독자들은 많은 곳을 보지 않는다. 그들이 살펴보는 영역은 한정되어 있다.

창조성에 대하여

독자는 작품이 자신을 새로운 세계로 인도하기를 기대한다. 그러나 대부분의 사람들은 정말 새로운 것은 받아들이지 못한다. 그래서 시대를 앞서가는 사람들은 불운하다. 세상은 개성적인 것을 원한다고 하지만 자신이 납득할 수 있는 만큼의 개성을 원한다. 정말로 새로운 것은 거부 당한다. 그중에서도 장르소설은 '익숙함'을 위한 섹션이다.

장르소설은 그 장르의 기본적인 패턴, 즉 클리셰와 문법을 읽는 '편안한 즐거움'을 목표로 하는 경우가 많다. 물론 반전을 기대하지 않는다는 의미는 아니다. 그러나 약속된 것을 읽는 데에서 쾌감과 즐거움을 느끼는 것이 기본이다. 새로운 것에 대한 자극이 지적 즐거움의 원천이라 생각하는 일반적인 상식과는 배치되는 의견이다.

창작자의 창조성에 대한 의문이 들 것이다. '그럼 장르소설에는 창작자의 창조성이 가미되지 않단 말인가?' 같은. 그것은 창조성에 대한 착각이다. SBS 드라마 〈온 에어〉의 "(드라마는) 99%의 진부함에 1%의 새로움만 있으면 된다"는 대사를 인용하고 싶다. 이 드라마에서 처음 나온 말은 아니지만 어쨌든 나는 이 말이 대중예술을 제일 잘 설명하고 있다고 생각한다. 변화는 양념으로만 존재해도 충분하다.

새로운 시도를 하지 말라는 말은 아니다. 그러나 자신의 개성과 창조성을 살려야겠다는 생각에 억지로 새로운 것을 만들려 할 필요는 없다는 것이다. 그런 식으로 각을 잡고 만들어진 것들은 대부분 새롭기보다는 그저 이상해진다. 오리지널리티, 창조성이란 '이 세상에 존재하지 않았던 새로운 것'을 뜻하지 않는다.

장르의 패턴을 답습하지 않더라도 어차피 유별나게 새로운 것을 만드는 사람은 몇 없다.

다들 그렇게 비슷비슷한 것만 만들어서 이 세계의 다양성이 빈약해질까 봐 걱정할 필요는 없다. 돈만 벌면 된다는 생각으로 글을 쓰는 사람이라면 더더욱 생각할 필요가 없으며, 그래도 창조성과 자기만의 색을 드러내고 싶은 사람이라면 저 1% 안에서도 유의미한 변화를 만들어 낼 것이다. 어차피 저 1%에 의해 누군가는 선택받고 버림받으며 저 1%들이 쌓여 또 새로운 트랙을 만들어 낸다. 그리고 언젠가는 당신도 무슨무슨 '물', 새로운 키워드의 시발주자가 될 수도 있다.

연재를
준비할 때
알아야
할 것들

무엇을 원하는가?

긴 서두가 끝났다. 글을 쓰기 전의 정신 무장에 대해 한 꼭지 이야기하자. 웹소설을 쓰기로 마음먹었다 해도 장르에 대한 이해는 없을 수도 있다. 사실 없어도 상관없다. 잘 모르겠으면 인기작, 추천작 열 작품 정도를 읽고 감을 잡아 보자. 그 정도 시장 조사는 기본이다.

나는 장르에 대한 완벽한 이해가 좋은 작품의 필수 조건은 아니라고 생각한다. 몰라도 쓸 수 있다. 다만 몰이해가 작품에 드러나면 외면받을 수 있고, 그것을 감당하는 것은 당신의 몫이다. 그러나 이런 기본을 쌓기 전에, 몇 가지를 먼저 정하는 게 좋겠다.

- 당신은 어떤 웹소설을 쓰고 싶은가?
- 당신은 왜 웹소설 작가가 되고 싶은가?
- 당신은 어떤 웹소설 작가가 되고 싶은가?

차례대로 가 보자.

🌸 어떤 웹소설을 쓰고 싶은가?

툭 까놓고 말하자. 당신은 무엇을 얻고 싶어서 소설을 쓰려 하는가? 돈인가? 누구나 인정할 만한 작품성인가? 기본적으로 누구나 하고 싶은 이야기가 있으니까 글을 쓸 것이다. 돈을 노리고 쓰더라도 원하지 않는 이야기를 쓸 수는 없다. 창작은 생각보다 인간을 많이 소모시킨다. 어쩌면 당신은 작품을 진행하며 자신이라는 인간이 닳아 없어지는 것을 느낄지도 모른다. 글을 쓴다는 것은 자신의 인생에 담겨 있던 물을 퍼 쓰는 것이다. 어떤 작가들이 끝없이 자기복제를 하는 이유도 아마 그래서일 것이다.

나는 회사 생활을 하며 동시에 글을 썼다. 사람들은 회사 생활의 불합리함을 격렬하게 성토하고 회사가 개인을 닳게 하고 죽여 없앤다고 말하지만 나는 회사 생활보다도 글을 쓸 때 그것을 더 많이 느꼈다. 그래서 나는 더 내가 하고 싶은 이야기, 내가 원동력을 가질 수 있는 이야기를 찾아 헤맸다.

훌륭한 소설 하나 정도야 누구나 자기 인생을 털어내면 쓸 수 있다. 그러나 작가는 그 이후에도 글을 계속 쓰는 사람이다. 동력을 확보하는 것은 작가에게 중요하고, 그렇기 때문에 '하고 싶은 이야기'를 하는 것은 양보하지 말아야 한다.

그 하고 싶은 이야기는 어디에 방점을 두고 있는가? 당신에게 소설은 수단인가, 목적인가? 쉽게 말하면 돈을 원하는가, 아니면 자신을 표현하는 작품성 있는 소설을 쓰길 원하는가?

사실 이 둘 중 하나를 선택하기는 어렵다. 기본적으로 우리는 좋은 글, 재미있는 글, 멋진 글을 쓰고 싶어 하고 그것으로 인정받아 돈을 벌기를 원한다. 그러나 어느 쪽을 좀 더 중시할 것인지를 생각해 봐야 한다. 돈과 작품성은 얼핏 보기에는 한 세트로 보인다. 좋은 평가를 받으면 당연히 잘 팔릴 것 같다. 그러나 당신이 소위 고전적인 작품론을 중시하며 품위, 멋 등을 기준으로 삼고 현 웹소설의 가벼운 세태를 비판하는 사람이라면 웹소설의 구매자들이 내놓는 좋은 평가는 어리석은 대중의 선택 따위로밖에 안 보일 것이다. 의외로 현업 웹소설 작가이면서도 이런 인식을 지우지 못한 사람들이 많다. 작품에 대한 고집이 어느 정도 있는 것은 나쁘지 않고 발전을 위한 기틀이 되기도 하지만 남들을 깔보거나 선민의식을 갖는 것은 글쓰기에도 도움이 되지 않는다.

소위 말하는 고전적인, 또는 너무 '글줄에 익숙해진' 전형적인 마니아형 독자들이 유독 좋은 평가를 한다면 그 글은 대중성 측면에서는 실패했다고 봐도 무방하다. 독자 생활을 오래 했다면 탄탄하고 좋은 이야기를 가졌으나 소수의 마니아들에게만 어필하며 묻힌 작품을 수도 없이 봤을 것이다. 작가들은 마니아형 독자이기도 한 경우가 많으므로 스스로 마니아적 시각에 매몰되어 대중적인 평가를 하지 못하는 경우가 종종 있다.

좋은 작품이지만 돈을 많이 벌지 못할 수도 있다. 역으로 돈을 많이 번다고 무조건 좋은 작품이라고 할 수도 없다. 돈을 많이 벌면 좋은 평가를 받을까? 이건 확실히 아니라고 말할 수 있다. 유명해지면 유명해질수록 비 오는 날 먼지 나도록 맞을 확률이 높아진다. 단어 단위로 해체 당하며 비난받을 수도 있는데, 일단 결점이 없는 작품은 존재하지 않고 사람들은 다양한 관점을 갖고 있기 때문이다. 즉 좋은 평가만 나오는 작품은 좁은 풀 안의 작품이다.

작품성의 기준은 한 가지가 아니다. 장르소설 독자들조차도 편견에 가깝게 가지고 있는 '작품성'이란 화석화된 개념은 기본적으로 웹소설에서 통하는 미덕이 아니다.

간혹 글로 돈을 번다는 것을 문학의 타락이라고 여기는 사람도 있고, 그런 것을 수치스럽게 여기는 사람도 있는 것을 보았다. 혹시 그렇게 생각하는가? 그럼 왜 이 책을 집었는지 되묻고 싶다. 웹소설은 대중소설이자 상업소설이고, 현재 웹소설 붐은 명백히 이 시장의 상업적 성과로 인한 것이다. 이 책을 집은 이들 중 절반 이상은 글을 써서 돈을 벌겠다는 확고한 목표가 있으리라 생각한다. 책을 내고 인세를 받고 싶을 것이라고 생각한다. 그리고 그 돈으로 먹고 살고 차와 집을 사겠다는 의지가 있을 거라고 생각한다.

혹시 글을 돈 따위로 바꾼다는 게 부끄러운가? 작가로서 자신의 삶을 일구고 싶다는 게 부끄러운 일인가? 노동해서 돈 버는 게 부끄러운 일인가? 글을 벌이의 수단으로 삼는 것 자체는 나쁘지 않다. 부끄러워해야 할 것은 자신이 가진 직업에 대한 기본적 존중과 윤리, 신념이 없는 것이다. 창작의 괴로움은 이미 너무 많이 언급되어서 굳이 더 말할 필요가 없다. 나는 돈을 목표로 하더라도 괴로울 것이라고 말하고 싶다. 대표적으로 두 가지 방향으로 괴로울 것이다.

첫 번째로, 기본적으로 창작 행위가 굉장히 강렬한 자의식에 기반을 두기 때문에 괴로울 것이다. 돈과 인기를 위해서 원치 않는 것을 쓴다고 생각하면 괴로워진다. 인기를 위해 자신이 추구하는 것을 삭제하거나 접어야 할 때도 있을 것이다. 내가 왜 이걸 써야 하는지 본질적인 벽에 부딪힐 것이다. 부딪히지 않는 사람들도 있으나 이 사람들은 어떤 경험으로든 그런 고통을 견딜 수 있는 내성이 생긴 사람들이다. 타고난 사람도 있으나 소수이며, 초보자가 이런 인식을 가지기는 쉽지 않다.

돈과 인기를 위해 쓴 글은 성공을 해도, 하지 못해도 문제다. 성공을 하면 '나 자신 자체로는 세상에 통하지 않는다', '사람들은 이런 걸 좋아한다'는 생각 때문에 괴로워지고, 못하면 '내가 이렇게 스스로를 꺾었는데도 안 된단 말인가'란 생각으로 괴로워진다.

두 번째로 기준점이 너무 폭넓다. 돈과 인기를 얻기 위해서는 최대한 많은 대중을 사로잡아야 하는데 대중은 한 사람이 아니다. 작가는 수백, 수천, 수만 명에게 각자의 관점에 따라 평가받고 욕을 먹고 물어뜯긴다. 그들이 직접적, 공격적으로 평가하지 않아도 당신은 그런 기분을 느낄 것이다. 대체 대중의 기준은 무엇이고 사람들이 좋아하는 건 뭐란 말인가? 편집자나 출판사는 작가보다 더 잘 알 수도 있다. 하지만 편집자나 출판사가 잘될 거라고 생각한 책이 실패하는 경우도 많다. 잘라 말하자면, 내놓기 전까지는 모른다. 다만 우리는 안전하다고 검증된 경로를 선택할 뿐이다.

두 가지가 적다고 생각하는가? 이중 하나에라도 부딪히면 당장 글이 안 써질 것이다. 어쩌면 당신은 작품성이나 작가성을 좀 더 진지하게 생각하고 있을 수도 있다. 새로운 것을 시도하고 싶고, 좋은 글을 쓰고 싶고, 좀 더 많은 감흥을 주고 싶은 것은 창작자로서 당연한 욕구이며 그 선택도 무척 좋은 선택이다. 당신이 허세와 선민의식을 깔고 그런 생각을 하는 게 아니라면 도전해서 성공하기를, 꺾이지 않기를 진심으로 바란다. 이것은 과정뿐만 아니라 시도 자체가 어려운 경우도 허다하기 때문이다. 다만 명예나 인정 욕만으로 이 길을 선택하지는 않았으면 좋겠다. 명예는 인기를 얻은 이후에 주어지는 것이다.

당신이 어느 쪽의 접시에 추를 더 올릴지를 결정했다고 해도 지금 결정한 것이 당신의 작가 인생을 관통할 절대적 자세는 될 수 없다. 작품마다, 어쩌면 챕터마다 달라질 수 있다. 그 때 자신이 무엇을 목표로 정했는지 떠올린다면 조금 혼란이 줄어들 것이다. 내가 무엇을 원하는지 아는 것은 무엇을 주제로 글을 쓰는가만큼 중요하다.

왜 웹소설 작가가 되고 싶은가?

장르소설계에는 작가든 독자든 기본적으로 글쓰기를 우습고 편하게 보는 사람들이 많다. 엄밀히 작품성을 따지는 분야가 아니다 보니 한두 시간에 몇 천 자, 몇 만자씩 마구 쓰는데 뭐가 어렵냐는 것이다.

어느 작가가 한 시간에 몇 자를 쓴다, 누구는 3일 만에 한 권을 쓴다(옆나라 작가 이야기다)는 소문도 떠돈다. 한 편에 5000자 전후로 쓰면 되니 하루에 1만 5000자 정도 몰아 쓰고 남은 날에는 놀 수도 있고, 상사도 없고 잔소리도 없고 편하게 집 안에 틀어박혀 앉아 따뜻한 아랫목에서 웹소설을 써서 천 단위로 번다니 이 얼마나 날로 먹는 일이냐고 군침을 삼킨다.

그런 생각을 한다고 해서 접으라고 하지는 않겠다. 어차피 그런 생각으로 글을 계속 쓰는 것 자체가 힘들기 때문이다. 중간에 마음을 다잡고 성공할 수도 있는데 굳이 시작하지 말라고 할 필요는 없다. 돈에 혹하는 것도 글쓰기를 시작할 이유, 동기가 될 수도 있다.

그러나 이것은 확실히 하자. 웹소설 작가로서의 삶은 힘든 사회생활의 도피처가 아니다. 하루에 몇 자를 쓰는지가 작가의 절대적인 능력도 아니다. 물론 글 쓰는 속도가 빠른 것은 좋은 능력 중 하나다. 특히 웹소설을 기반으로 한 장르소설 시장은 예전부터 속도전을 해 왔기 때문에 이 능력에 특화되어 살아남은 사람들이 많다.

그럼 빨리 쓰는 사람들은 빨리 쓰고 놀까? 아니다. 이 사람들은 자신의 글의 단점이 발견되는 즉시 그 빠른 손으로 시나리오를 갈아엎고 새로 쓴다. 상업 작가가 먹을 몫은 오직 자신이 내놓은 결과물에 따라 결정된다. 보고서 하나에 300% 인센티브가 걸려 있다고 하면 그걸 대충 쓸 수 있을까?

나는 한 시간에 1000자 쓰는 사람이라 그런 발상 자체를 할 수 없고, 나보다 더 느리게 쓰는 웹소설 작가들도 많다. 그러므로 쓰는 것 자체를 겁낼 필요는 없다. 느리면 그만큼 끈기 있게 쓰면 된다. 자, 그런 시각으로 앞서 말한 내용을 분석해보자.

- 몇 시간 만에 며칠 치 일을 하고 논다. → 틀렸다.
- 상사도 없고 잔소리도 없다. → 모든 독자가 당신의 상사다. 게다가
  모두 요구 사항이 다르다.
- 편하게 집 안에 들어박혀 앉아서 일한다. → 집 안에 틀어박혀 있는
  건 맞다. 그러나 모든 재택 근무자들이 그렇듯 이들은 집 밖에 나
  가지 못해 건강을 위협받는 사람들이다. 1주일 동안 대문 밖으로
  못 나가는 자체 유폐 생활은 사람의 육체와 정신 건강을 해친다.
- 따뜻한 아랫목에서 → 당신이 부모와 함께 살고 있다면 부모는 당
  신이 얼마를 벌어도 번듯한 직장 없는 방구석 폐인으로 보며 "집
  안에 있으면서 왜 이것도 안 하냐"고 잔소리를 할 것이다. 한창
  집중하고 있을 때 방문을 벌컥 열고 청소나 심부름을 시킬 수도
  있다. 독립했다면? 당신의 생활은 모두 당신이 관리해야 하며 여
  기에도 큰 에너지와 시간이 들어간다.
- 1000만 원 → 소수의 이야기다. 내가 본 웹소설계 작가 벌이는 다
  음과 같다. 상위 1%, 100명 중 한 명은 월 1000만 원 정도는 쉽
  게 번다. 최대 억 단위까지도 올라가는 유동성 높은 계층이다. 두
  명은 900만~600만 원 정도로 번다. 열 명은 500만~300만 원 정
  도로 번다. 스무 명은 100만 원 전후로는 번다. 나머지는 밥값도

못 번다. 한국 경제보다도 더 허리가 없는 극단적인 부익부빈익빈 시장이다. 현실적으로 노려 볼 만한 것은 10% 안에 드는 것이겠고, 실제는 '밥값도 못 버는 축'에 속할 가능성이 더 높다. 자신이 1~2% 안에 당연히 들 것이라고 여기는 것은, 신입사원이 '취직했으니 이제 대표나 임원진만큼 벌 것이다'라고 생각하는 것과 같다. 그리고 1%도 매달 같은 금액을 버는 것이 아니다. 작가는 자영업자이며 프리랜서임을 잊지 말자.

기죽이는 소리가 아니다. 글을 쓰다 보면 결국 알게 될 것이다. 하루에 한 편 쓰는 것도 쉽지 않다. 작업 시간은 어떻게 분배할 것인가? 독자들의 수많은 요구, 심지어 불합리하기까지 한 강요에는 어떻게 대응할 것인가? 건강과 멘탈 관리는 어떻게 할 것인가? 가족들과 같이 산다면 가족들에게 어떻게 작업을 이해시키고 작업 공간을 확보할 것인가? 혼자 산다면 생활과 글쓰기에 드는 에너지 분배를 어떻게 할 것인가? 현실적인 수익은 어떻게 예상하여 살림을 짤 것인가?

작업 시간 분배부터 막히는 사람 많을 것이다. 회사를 다니며 글을 쓰던 시절, 아마추어로 자유 연재를 함에도 불구하고 글을 쓰든지 인간으로서의 나를 포기하든지 둘 중 하나를 선택해야 했다. 밥 먹고 씻고 집안 정리하고 사람을 만나는 것들이 '글쓰기' 하나 때문에 전부 불가능해진다.

글쓰기는 그만큼 시간이 드는 일이다. 공부도 당연히 불가능했다. 장을 보고 요리하고 먹고 설거지하는 과정에 너무 시간이 들어서 끼니도 외식으로 해결했다. 매번 외식비를 지출할 여력이 없다면 주말에 날 잡아 일주일치 밀프렙(meal prep)을 만들어 두자. 그렇게까지 해야 하냐고 생각할지 모르겠는데 그렇게 해야 하더라. 중간에 휴직 기간도 있었지만 이때도 글쓰기가 생각처럼 쉽지는 않았다. 일단 사람이 집 안에 있으면 집안일을 할 수밖에 없고, 회사 일을 안 한다고 공적인 업무나 사교가 없는 것이 아니다. 결국 이때도 식사는 외식 아니면 밀프렙이었다.

당시는 하루는 내 일을 하고, 하루는 글을 쓰는 방식으로 생활을 지탱해 나갔다. 지키기 쉽지는 않다. 갑작스런 부름이나 회식만 생겨도 그냥 날아가 버리는 불안정한 것이니까. 세상 일이 다 그렇지만, 웹소설 작가도 생각처럼 날로 먹는 일은 아니다.

✸ 어떤 웹소설 작가가 되고 싶은가?

이것은 '좋은', '나쁜' 같은 추상적인 개념을 말하는 것이 아니다. 예를 든다면 이런 것이다.

'나는 판타지소설가가 되고 싶다. 남성향 판타지를 쓸 것이고 이계 진입 모험물을 쓰고 싶다. 이계의 생물들을 관찰하고 기록하는 박람록이 좋을 것 같다. 이를 위해서 많은 조사와 구상을 했다. 나는 판타지계의 몬스터 정보나 신화 전설에 대한 정보에 접근할 수 있으며 내 전공인 생물학적 지식을 이용한 몬스터 관련 지식을 만들어 낼 수 있다. 내 성격은 꼼꼼한 편이어서 큰 오류 없이 플롯을 전개할 수 있을 것이다.'

이 사람은 동물의 특성에 따라 가죽과 고기를 따로 사용하듯 몬스터의 특성에 따라 아이템을 강화하는 내용을 그럴싸하게 풀어내 아이템 콜렉팅적인 재미를 줄 수 있는 소설을 쓸 수 있을 것이다. 가상 세계이니 실제 생물학과 큰 관계는 없지만 아는 것이 많으면 좀 더 그럴싸하게, 다른 포인트를 짚어서 재미를 제공할 수 있다.

나는 자주 작가는 자신의 무기가 있어야 한다고 말한다. 이 무기는 사실 대단하고 거창할 필요는 없다. 요는 작가가 무엇을 강점으로 내세울 수 있느냐는 것이다. 그 무기는 전문 지식일 수도 있다. 의료, 예술, 역사……. 역사를 예로 든다면 단순히 역사적 사실에 대한 앎만 있을 수도 있고 한 시기의 전체적 역사 조명에 뛰어날 수도 있다. 무기는 글 쓰는 속도일 수도 있고 문체일 수도 있으며, 스타일이나 주제 의식일 수도 있다. 전투 장면을 쓰는 실력일 수도 섹스 장면을 묘사하는 실력일 수도 있다. 같은 말도 차지게 하는 화술이 무기일 수도 있고, '드립력'이 하늘을 찌를 수도 있다.

무기는 하나가 아니라 여러 개일 수도 있다. 그러나 시작 단계에서 자신의 무기가 무엇인지 알기는 어렵다. 하지만 하고 싶은 일이나 되고 싶은 모습 정도는 있을 것이다. 아무리 초보라도 자신이 없다면 글을 쓰겠다는 생각은 하지 않았을 것이다. 어떤 부분에 자신이 있는지 생각하고 스스로 원하는 이미지를 쌓아 올려 한걸음 다가가는 것부터 시작하기를 권한다. 그리고 천천히 자기만의 상을 만들길 바란다.

무엇을 써야 하는가?

처음에는 마음대로 써라

마음대로 써라. 세상의 눈치 보는 법을 익히기 전에.

장르, 키워드, 전략을 이야기하더니 개인의 마음가짐에 대해서는 갑자기 이야기가 좀 느슨해진다고 생각할지도 모르겠다. 그러나 집필에 있어서 중요한 건 결국 작가가 쓸 마음이 있냐는 것이다. 정말 돈만을 위해 모든 것을 다할 수 있는 사람은 없다. 사람은 보람과 가치와 의미를 찾는 생물이고, 돈만 보고 작업한다고 공언하는 사람조차 자기가 생각하기에 올바른 것, 맞는 것, 좋은 것을 위해 작업한다. 창작은 무척 내적인 작업이라서 자신의 생각과 일치하는 것을 만들어도 내면이 닳아 없어지는데, 맞지 않는 걸 만들다가는 충돌하다가 그냥 부서져 버리기 십상이다.

만약 당신에게 아직 제대로 된 작업물이 없다면 고민하지 말고 쓰고 싶은 걸 쓰자. 남이 보기에 좋은 것, 재미있는 것은 어떤 것일까? 이런 부분은 아주 약간만 고민하자. 어차피 세상의 눈치를 보지 않고 쓸 수 있는 시기는 매우 짧으며, 혼자 볼 것이라고 생각하고 쓴 이야기도 남의 눈을 전혀 의식하지 않고 쓰기는 어렵다. 최대한 자기가 쓰고 싶은 것을 쓰면서, 뭘 쓰고 싶고 어떤 것이 나에게 맞는 것인지를 파악해야 한다. 시간을 들여 탐색하고 자신에게 무엇이 맞는지, 무엇이 가능하고 안 되는지 자기 자신을 관찰·탐구해 보자. '어떤 작가가 될 수 있을지'를 스스로 성찰해야 한다.

첫 작품은 온 마음을 다해 좋아하는 것을 듬뿍 쏟아 부어 쓰길 바란다. 왜냐면 체력이 있는 시기는 오래가지 않으며 작가란 쉽게 소모되는 존재이고, 당신이 차기작을 준비할 때는 이미 타인의 입장, 즉 독자의 입장을 염두에 둘 수밖에 없는 존재가 되기 때문이다.

이 시기는 정말 짧다. 연재를 하며 당신은 이 판이 어떻게 굴러가는지 이해하게 된다. 그러므로 다음번에 쓰는 글은 순전히 자신의 꿈이나 욕망, 비전을 위한 것이 되기 힘들다. 적당히 타인의 시선을 의식하는 정도가 아니라, 타인의 존재를 아예 뼈대로 잡고 바닥을 다지며 벽을 바르는 글이 되기 시작한다. 그리고 나중에 프로 작가가 되어 이런저런 글을 쓰면서 스트레스가 쌓이거나 편집자가 "이런 건 안 됩니다"라며 의견을 반려할 때, "아, 나는 단 한 번도 내가 원하는 걸 쓰지 못했다"라며 순수를 잃은 비극의 주인공처럼 굴고 슬프지도 않았던 걸 슬퍼하는 진상이 될 수 있다.

이런 비극을 막기 위해서라도, 그리고 자신이 '어떤 작가'인지 알기 위해서라도 시작할 때는 자신을 있는 대로 부딪혀 봤으면 좋겠다. 원하든 원하지 않든 당신은 작품을 하나 더 쓸 때마다, 그리고 상업 작가가 되어 계약을 할 때마다 더더욱 나보다는 타인에 대해 생각하게 될 것이다. 생계가 걸리면 생각의 폭은 더더욱 좁아진다. 모험도, 승부수를 걸기도 힘들어진다.

시작부터 그럴 필요는 없다. 당신은 결국 세상의 눈치를 보게 된다. 그 전에 자신이 어떤 작가인지 알아 두자. 다만 알아 둔다는 것이 자신을 고정시킨다는 뜻은 아니다. 우리가 자신을 파악하는 이유는 한계를 알고 그것을 넓히기 위한 것이다.

🌳 나 자신을 보호하는 법

쓰고 싶은 것을 쓰라고 말하는 것은 작가 스스로를 보호하기 위해서이기도 하다. 웹소설 쓰기는 결국 대중을 상대로 하는 작업이기에 대중이 원하는 것을 위해 자신의 고집을 꺾어야 하는 일이 많다.

나도 한때는 어떤 작품들을 보며 '이 작가, 이해하지도 못하면서 인기 요소 막 넣었네'라고 생각했던 적이 있다. 지금은 그것이 그저 장삿속으로 한 일은 아닐지도 모른다고 생각한다. 어설픈 시도였을 수도 있고 노력했지만 결과가 나빴던 것일 수도 있다.

타협해야 할 일은 많은데 많은 작가들은 타협을 자신의 작품과 창조성에 대한 침해로 받아들인다. 편집부의 수정 요구도 그렇게 받아들이는 작가들이 많다. 심지어는 오탈자 수정까지도 말이다.

타협도 아무나 할 수 있는 게 아니다. 자신이 가능한 한계까지 해 보지 않은 사람은 무엇이 타협인지도 모르고 타협 가능한 부분과 불가능한 부분을 파악도 잘 못한다. 자기가 원하는 만큼 시도해 본 경우는 심리적으로도 좀 여유가 생긴다. '그 정도로 해 봤으니 이제 이 정도야 뭐'라는 태도를 가질 수 있다. 반대로 계속 타협만 하다 보면 폭발하는 순간이 올 수 있다.

작가 생활을 하다 보면 자기 자신이 진짜 원했던 것이 무엇인지 알 수 없어 괴로워질 때가 온다. 그럴 때 자신을 있는 그대로 들이부어 쓴 작품은 위안이 된다. 작가들이 유독 애착을 가지는 작품이 있는 데는 이유가 있다. 그런 작품을 하나 만들었다는 사실만으로도 자신의 많은 것을 보호할 수 있게 된다.

당장의 성과와 대중의 요구라는 막막한 것 앞에 서서 아무것도 보이지 않을 때에는 처음으로 돌아갈 필요가 있다. 처음에 자신이 무엇을 원했는지, 무엇이 나에게 기쁨을 주었는지 돌아보는 것은 꿩

장히 중요하다. 작가에게는 그것이 글의 형태로 남을 수밖에 없다.

이렇게 쓴 글은 대중의 호응을 얻지 못할 가능성이 크다. 소수의 마니아들에게만 호응을 얻고 묻혀 버릴 수도 있다. 그렇다 하더라도 당신에게는 소중할 것이며 그것만으로도 충분하다. 그러므로 이렇게 쓴 글이 성공하지 못하더라도 크게 실망하지 말자.

결과가 어떻든 누군가 내가 하고 싶은 말을 알아채 주고 같이 즐거워하기를 바라는 마음은 진짜이다. 나 역시 숲에 나뭇잎을 숨기며 찾아 줄 사람들을 기다리고 있다. 정답을 원하는 것은 아니다. 같은 형상도 어떤 사람은 보아뱀으로 볼 수도 있고 어떤 사람은 모자로 볼 수도 있다. 누군가 숨은 그림을 찾아 말해 주기를 기다린다. 다들 그런 숨은 그림 한두 개씩은 가지고, 적당히 꿈을 꾸며 글을 쓰고 있는 것이다.

🌸 첫술에 배부를 일 없다

'나는 시간이 많지 않고 첫 작품부터 대박을 터트려야 한다'고 생각하는가? 물론 장르소설 분야에서 첫 작품(으로 보이는 작품)이 히트하고 출간되어 많은 매상을 올리는 것은 보기 드문 일이 아니다. 1세대 판타지소설이 나올 때부터 이런 일은 흔했다. 전자책 제작이나 인터넷 연재는 진입 장벽이 낮기에 장르소설가로 데뷔하는 것은 절대 어려운 일이 아니다. 그런데 그 사람들이 첫 작품을 완결하는 데 걸린 시간은 체크해 보았는가? 그 작품이 언제 연재되어 언제 상품화 되었는지는? 당신은 첫 작품으로 자신이 데뷔할 것 같은가? 한 작품 쓰는데 얼마나 걸릴 것 같은가?

작품을 준비하고 연재하며 분위기를 파악하는 데 몇 개월은 가볍게 든다. 수익이 자기 통장에 들어오는 데도 또 월 단위의 시간이 필요하다. 인내하면 좋은 결과가 나올 수도 있지만 흔한 일은 아니다. 일반적으로 수익을 얻는 데는 2~3년 또는 한두 작품을 완결 지을 정도의 시간이 걸린다고 봐야 한다.

첫 작품으로 성공한 작가들을 보며 억울함을 느낄지도 모르지만, 잘 팔린 '첫 작품'이 그 작가가 '처음으로 쓴 글'일 가능성은 높지 않다. 그 작가들의 구성력, 문장력이 초보의 것으로 보이는가? 미숙하게 느껴질지언정 '정말 글 한 번도 안 써 봤군' 싶은 사람은 별로 없을 것이다. 나도 처음 연재한 소설을 출간하여 인기를 얻었지만 그 글이 처음 쓴 글은 아니다. 나는 그 글을 쓰기 5년, 10년 전에도 글을 썼다.

만약 정말 돈이 필요하다면 소설을 쓰기보다는 프리랜서라도 건당 돈을 받을 수 있는 일을 하거나 월급을 주는 회사에 충실한 것이 백번 더 낫다. 글로 한 달에 벌어들이는 수입이 당신이 버는 월급의 두 배가 아니라면 글쓰기는 그렇게 수지타산이 맞는 일이 아니다. 글을 쓰는 데는 생각보다 시간이 오래 걸리고 성과도 늦게 찾아온다. 수익은 아무리 짧아도 3개월 후에 들어온다. 정말 짧게 잡은 것이다. 2년간 한 작품에 매달려도 수익은 완결 후에 들어오는 경우가 허다하다. 얼마가 언제 들어온다는 확정 사항 같은 것도 없다. 복리후생도 4대 보험도 퇴직금도 없다. 계산기 두드리기 바란다.

당신이 첫 작품으로 데뷔한다면

예전부터 장르소설 시장은 10~20대에 데뷔하는 사람들이 많았다. 조금만 인기가 있어도 제안은 여기저기서 들어오며, 젊고 어린 작가를 속이고자 하는 손길도 여기저기 가득하다. 그런 부분에 대한 위험성은 뒤에서 말하겠다. 이건 '첫 작품이 대박을 치는 게 정말 좋기만 한 것인가'에 대한 이야기다.

작품 활동을 하게 된다면 주변에 몇몇 믿을 만하고 경험 있는 동료 작가를 만들어 두었으면 하는 바람이 있다. 굳이 무슨 모임에 들어가서 언니 형 누나 동생 할 필요는 없다. 글을 쓰다 보면 친해지는 사람이 생기는데, 그중 작품 출간을 한 사람들 몇 명 정도와는 말을 터 두는 것이 좋다. 아마추어끼리는 작품 만들 때 으쌰으쌰 응원을 주고받기는 좋지만 실질적인 문제가 발생하면 모두 잘 모르는지라 도움이 되지 않는다. 다른 사람의 도움을 받아라. 정보와 지식 측면만이 아니라 정서적으로도.

첫 작품으로 데뷔를 한 작가는 트레이닝이 안 된 상태로 프로 경기 링에 오른 선수와 비슷한 상태다. 데뷔는 했으나 첫 작품의 반응이나 매출이 시원찮다고 해 보자. 실패에 어떻게 대응해야 하는지 모른다. 독자와 출판사에 폐를 끼쳤다는 부담감을 느끼게 될 수도 있다.

첫 작품으로 데뷔했고 성공했다고 해 보자. 왜 성공했는지 파악은 할 수 있을까? 주변에서 말은 해 줄 것이다. 그 말이 납득이 가고 이해가 될까? 정말로 그게 맞는 말일까? 그 상태로 두 번째 작품을 쓴다면 그것을 강점으로 삼고 확대할 것인가, 아니면 다른 성향의 작품을 써 볼 것인가? 어느 쪽이건 전작에 대한 호의를 안고 당신을 선택한 출판사와 독자의 기대를 감당할 수 있을까? 그 작품이 실패했을 때 충격이 본인에게 더 크게 느껴질 수 있다는 걸 이해하고 있을까? 실패 후에도 세 번째, 네 번째를 시도할 수 있는 뻔뻔함을 가지고 있을까? 시기하던 사람들이 발을 헛디딘 틈을 타서 공격할 수 있다는 걸 알고 있을까? 그 공격에서 회복할 자신이 있을까?

성공할수록 리스크가 크다. 갑작스러운 성공을 거둔 사람은 부담감에 눌릴 수 있다. 사회 경험이 없다면 이 부담감은 좀 더 심할 수 있다. 화려한 데뷔 후 세 작품 안쪽으로 사라지는 작가들은 너무나 많다. 같이 데뷔했어도 아마추어 바닥에서 몇 개 작품을 쌓아 보며 흥망을 겪어 본 사람과 처음에 바로 데뷔한 사람은 경험치가 다르다. 만일 첫 작품으로 데뷔했고 아직 믿을 만한 사람이 없다면 무슨 경우든 계속 쓰면서 버텼으면 한다.

사실 출간 경험이 다수 있는 작가라도 발매 스트레스는 상당하다. 그러나 지금 당장 한두 작품 실패했다고 세상이 망한 것도, 작가 목숨이 끝장난 것도 아니다. 정 안 되면 필명을 바꾸고 다시 아마추어 연재부터 시작하면 된다.

압박감으로 스스로를 짓누르지 말고 계속 쓰는 것이 중요하다. 작가란 계속 글을 쓰는 사람이고 작품은 좋건 싫건 한 칸씩 쌓아야 하는, 만드는 데 시간이 많이 드는 물건이다.

유행 소재, 어떻게 할까?

🌸 유행 소재의 활용

소재란 '키워드'와 같은 말이라 봐도 무방하다. 키워드는 소재이며 스토리이다. '나는 이미 충분히 세상의 눈치를 보고 있다'거나, '나는 정말로 딱히 주도적으로 쓰고 싶은 게 전혀 떠오르지 않는다'라고 생각한다면 각 플랫폼을 돌아다니며 베스트 10 순위에 있는 것들을 보고 소재를 얻어도 상관없다.

유행 소재라는 게 있다. 피상적인 소재들은 몇 개월 단위로도 바뀌지만 핵심 소재들은 짧아도 연 단위로 명맥을 유지한다. 소재의 유행은 성공한 작품들이 주도한다. 크게 성공한 작품이 있으면 갑자기 그 작품과 같은 소재가 확 뜨는 현상을 자주 보았을 것이다.

이런 경향은 상업 플랫폼보다 아마추어 플랫폼에서 더 자주 발견되고, 때문에 유행은 아마추어 플랫폼을 참고하는 것이 더 유리할 수도 있으나 실제로 금액을 지불하는 독자들의 성향은 무료 연재만 보는 독자들의 성향과 상당히 다르다. 분위기는 파악하되 상업적인 부분은 유료 판매되는 소설에서 파악하길 바란다.

유행과 맞지 않는 당신에게

드물지만 '인기를 위해 유행 소재에 편승해야 하는가?'를 고민하는 사람들이 있다. 드물다. 보통은 고민 안 하고 편승한다.

작가란 기본적으로 마이너리티 정신을 갖고 있다고 생각한다. 본인이 소수 취향이기 때문에, 자신이 보고 싶은 것이 기존에 존재하는 것들 중에 없기 때문에 결국 창작에 발을 들이고 돌이킬 수 없는 길을 가는 것이다.

그런 성향과 취향을 마음껏 글로 펼치기는 어렵다. 이 시장에서는 대중을 타깃으로 최대 영역을 조준해야 두각을 보일 수 있다. 건국 이래 불황이란 단어 외에는 쓰인 적이 없는 한국 도서 시장에서는 소수, 틈새를 노릴 여유가 없다. 인구가 많거나 도서 시장이 훨씬 활발한 나라라면 들이밀 구석이 있겠지만 말이다.

작가가 마이너리티 포지션이 되는 데에는 여러 이유가 있을 것이다. 독자로서 오랫동안 이것저것 오래 본 탓에 다른 사람들이 편하게 여기는 재미를 '진부한 것'으로 여기는 경우, 그냥 성격이나 취향이 독특한 경우, 현재의 유행 소재를 전혀 납득하지 못하는 경우 등.

유행은 이용하지 않더라도 파악하고 이해해야 한다. 유행은 당시대 사람들의 욕구를 반영하고 공감을 일으키기 때문에 생겨난다. '갑질물', '사이다물'이 좋은 예시가 되겠다. 나도 누군가에게 갑질 당한 만큼 보복하고 싶고 마음대로 살고 싶다는 억눌린 욕구와 분노가 시대정신이 되었음을 알리는 키워드다.

그러나 당신은 갑질하고 싶은 욕망이나 거기에서 통쾌함을 찾는 심리에 거부감을 느끼는 사람일 수 있다. 그런데 시장의 대세는 갑질물이라 이것을 안 쓰면 활로가 없다고 치자. 그렇다면 갑질물의 핵심 욕구를 파악하고 변주해야 한다. 독자의 기본 욕구는 그렇게 복잡하지 않다. 독자의 욕구를 충족시키면서도 작가가 싫어하는 것을 회피하거나 부술 수 있는 방법은 얼마든지 있다.

클리셰에 갇히는 사람들도 자주 본다. 클리셰를 무조건 진부한 것 치부하며 우습게 보는 사람들도 있지만 창작을 한다는 사람이 클리셰를 무시하는 것은 위험한 일이다. 모든 예술 장르는 많은 법칙과 규범 아래에 성립했다. 클리셰 역시 사람들의 욕구를 반영하기 때문에 오랜 생명력을 유지하는 것임을 이해해야 한다.

유행 소재나 장르의 클리셰가 자신에게 맞지 않더라도 싫어서 치가 떨릴 정도가 아니라면 습작 단편으로라도 일단 써 보는 것을 권한다. 어떤 식으로 이들을 이해하고 소화할 것인지는 쓰면서 파악하게 될 것이다.

나는 내가 싫어하는, 혹은 거부감을 가지거나 납득하기 힘들어서 쓰지 않았던 소재들을 하나둘씩 계속 작품에 적용시켜 왔다. 비속어, 하렘 설정, 성격이 심하게 유약한 주인공 등이 그것이다. 좋아하지 않는 소재를 적용한 글을 쓰면서 그냥 막연히 경멸하거나 깔보던 것, 싫어하던 것이 내 생각과 완전히 같지는 않다는 것을 조금은 이해하게 됐고, 어떻게 내 식으로 이해하고 어떻게 풀어 나갈지, 사람들이 이것의 어떤 점을 마음에 들어 하고 어떤 식으로 받아들이는지를 알 수 있게 됐다. 대중의 선호에 대한 감각은 글로 먹고살고 싶다면 계속 연습해 나가야 하는 일이라고 본다. 지금의 유명한 작가들도 처음부터 그 감각을 가지고 있지는 않았다.

가끔 이러한 타협, 섞임, 발전을 위한 시도조차 '작가주의의 패배'라고 생각하는 의견들을 만난다. 기본적으로 예술과 창작은 마냥 자유롭지 않다. 어떤 규범과 관습이 있는지도 모른 채 파격과 자유를 외치는 것은 공허할 뿐이다. 예술에는 형식이 있고, 소설은 기본적으로 지문과 대사라는 규범 아래에서 성립한다. 이 틀에서 벗어나고자 지문이나 대사 중 하나만 선택해 소설을 쓰는 작가도 있다.

앞서도 이야기했지만 예술이란 완전히 새로운 것을 창조해 낸다기보다는 한계 안에서 어떻게 최대한 표현해 내느냐의 싸움이다. 그리하여 규범을 무색하게 하는 자신만의 방법을 만드는 데 성공하면 시대의 총아로 남는다. 자기 틀 안에서의 반복을 하는 종류의 예술도 있으나 웹소설은 그런 류는 아니라고 생각한다. 틀 안에서 똑같은 것을 반복하다 도태되거나 계속 시대와 함께 호흡하며 성장하거나 두 가지 길밖에 없지 않을까.

그럼에도 유행 소재가 너무 싫고 내게는 맞지 않는다면? 쓰지 마라. 싫은 것을 억지로 하지 말고 다른 것을 하면 된다. 1등 소재가 아니더라도 2, 3등은 노릴 수 있다. 자신이 할 수 있는 것을 하면서 조금씩 영역을 넓혀 가는 것이 작가의 삶이지, 진심으로 싫은 것을 억지로 하려고 글을 쓰는 사람은 없을 것이다.

유행 소재를 감안하는 것은 중요하지만 매몰될 필요는 없다. 발상을 좀 바꾸면 할 수 있는 것들은 얼마든지 있다. 소재는 소재일 뿐이고 당신이 쓰고 싶은 이야기가 있다면 쓰면 된다. 단지 그 이야기를 그대로 먹기 어려울 것 같으면, 조금 더 잘게 썰거나 갈거나, 설탕이나 소금을 뿌리기도 해서 독자가 조금 더 편하게 먹을 수 있는 방법을 구상하면 된다.

'대박'은 좋은 일이지만 그 자체에 너무 압박을 느끼지는 말자. 중박이나 본전치기의 규모를 설정하고 거기에 맞춰 작업해 보는 것도 좋은 경험이다.

🌸 외국 미디어에 관하여

장르 내부에서만 소재를 차용하는 것은 게으른 작가들에 의한 열화를 발생시키는 일이기도 하다. 장기적으로 생각한다면 장르 외부에서 소재를 계속 찾고 얻는 것이 좋다. 장르 내부에서만 계속 소재를 얻다보면 본인이 뒤처지기 때문이다.

유료 웹소설들의 경우는 '한 거 또 하는' 경향이 굉장히 심한데, 실험을 할 만한 여건이 주어지지 않는 탓도 클 것이다. 그러나 그럼에도 계속 작품을 지속해 나가는 웹소설 작가들은 본인들이 접하는 시사, 텔레비전 프로그램, 뉴스, 유명 영화 등에서 소재를 얻어 발 빠르게 적용한다.

특히 2015년 이후 웹소설들은 시사적인 관점을 섞는 일들이 많아졌다. 또한 앞서 미스터리 추리물의 일시적 등장에 대해 BBC 드라마 〈셜록〉의 영향을 받은 것 같다는 말을 했었는데, 이와 같이 외국 드라마에서도 그 소재를 차용한다. 심지어는 외국 연재 사이트에서 연재 중인 소설에 영향을 받기도 한다.

영향 정도가 아니라 표절하는 일도 제법 있다. 국내에 번역되지 않았으니 모를 것이라 생각하기 때문인지 외국 드라마, 외국 연재 사이트의 작품, 외국 게임, 외국 서적 등은 쉽게 표절 대상이 된다. 절판된 도서를 표절한 예도 있다. 본인이 접근 가능한 자료면 다른 사람도 당연히 접근 가능하다고 생각해라. 절반은 연재 중에 발각되어 그만두게 된다. '표절 같은 건 아마추어나 하는 일 아닌가?'라고 생각할지 모르겠으나 프로 작가도 한다. 사실 표절의 유혹에 쉽게 넘어가는 것은 아마추어 작가보다는 '먹고살아야 하는' 프로 작가다.

이 말은 당신의 글이 외국 콘텐츠와도 경쟁해야 한다는 뜻이기도 하다. 한국에서 만들어지는 모든 콘텐츠는 세계 유수의 콘텐츠와 늘 대결하고 있다. 외국의 흥하는 소재를 그대로 쓰기에는 어려움이 많겠지만 보다 보면 인기 있는 이유와 자신의 작업물에 어떻게 반영할 수 있을지 등 깨닫게 되는 점들이 있을 것이다. 한국보다 앞서 나가는 나라의 작업물은 많은 자본과 노력이 들어가 있고 선진 기술을 사용하다 보니 배울 점이 많다. 많이 보고 배우는 것이 좋다.

'저 작품은 비인기 소재 썼는데 흥했네? 그럼 나도 해 보자.'

'다른 나라에서는 이런 소재가 인기 끌었잖아. 한국에서도 될 거야.'

안 된다.

쓰고 싶은 소재가 유행에서 동떨어진 '마이너'한 소재일 때, 성공 사례를 찾아보며 마음의 안식을 찾으려는 사람들이 있다. 그런데 정말 객관적으로 판단한 건가, 아니면 그 소재가 흥할 거라고 믿고 싶은 것인가? 그 소재가 주소재인지 부소재인지 파악하고, 그에 대한 독자들의 반응을 파악한 다음 결정하자.

쓰고 싶으면 쓰면 된다. 하지만 자기 자신을 속이기 위해 듣기 좋은 정보만 취합하여 '내가 하고 싶은 것'을 '대중이 원하는 것'이라고 스스로에게 우기며 밀어붙이다가 망하고는 '왜 안 되지?'라고 자문하면 배우는 것도 남는 것도 없다.

비인기 소재를 활용했거나 비인기 요소가 있음에도 성공한 작품을 보고 나도 성공할 수 있을 거라 생각하면 안 된다. 이런 경우 작품의 실제 성공 요인은 소재가 아닌 다른 부분에 존재할 것이다.

외국 작품이라면 국가와 사회 정서, 나아가 경제적 규모 차이를 고려해야 한다. 이웃 나라에서 성공했다고 해서 한국에서도 성공하지는 않는다. 자신이 다루고 싶은 요소를 타인의 성공한 작품에서 부분적으로 봤다고 해서 '음, 저런 것을 해도 되는구나'라고 자기합리화하면 안 된다. 소재뿐만 아니라 좋지 않은 글쓰기 습관, 연출 등을 인기작에서 발견하고 '인기 작가도 하니까 나도 해도 된다'고 생각하는 경우도 있는데 이 역시 좋지 않다.

경험에서 나오는 이야기니 진지하게 들어 줬으면 좋겠다. 비인기 소재인 것을 알지만 꼭 쓰고 싶다면 한계를 정확히 파악하고 그 안에서 움직여 보는 것도 좋다. 한정된 벌이 규모를 미리 상정하고 작업하거나 대중적인 인기 요소와 잘 섞어 보는 것도 좋은 전략이다.

누구에게 팔 것인가?

타깃층의 설정

앞선 이야기가 '나는 어떤 작가가 될 것인가' 같은 자아 탐색이었
다면 지금부터는 작품을 읽을 대상, 독자에 대해 생각해 보도록
하겠다.

'장르소설 시장은 독자의 욕구에 의해 상업적 성과를 평가받는
다'는 요지의 말을 여러 번 반복했는데 이 욕구란 개인적인 것이
다. 그러나 우리는 개인인 동시에 사회의 일원이기에 사회 속 분
류와 계층에 따라 가지게 되는 공통 욕구가 있다. 남성인가 여성
인가, 10대인가 20대인가 50대인가 등 큰 분류에 따라 집단이 가
지는 욕구도 달라진다. 예를 들어 일일드라마에 자주 나오는 '한

집에 사는 대가족', '상석에 앉은 조부모'라는 오늘날에는 비현실적으로 보이는 구도는 주 시청 연령층의 욕구를 반영한 모습이다.

웹소설 시장이 세분화하는 타깃은 남자와 여자, 10대와 성인 정도다. 그러나 이 정도의 타깃조차 정하지 않고 작품을 만드는 경우도 흔하게 보았다. 온전히 취미로 쓰는 글이면 모르겠지만 상업적 성과를 원하면서 타깃 설정조차 하지 않는 건 문제가 있다.

타깃은 반드시 성별과 연령으로만 나뉘지 않는다. 직장인, 대학생 등 직업으로도 분류될 수 있다. 또한 자신이 타깃과 같은 속성을 가지고 있지 않거나 같은 집단에 속해 본 적 없을 경우 타깃층에 대한 자신의 사고가 편견으로 점철되어 있음에 주의해야 한다.

예를 들어 40대 남자가 20대 여자를 '독자'로 설정하고 로맨스 소설을 쓸 경우 어떤 문제가 발생할지 쉽게 짐작할 수 있을 것이다. 갓 서른이 된 사람이 20대에게 꼰대 같은 소리를 하는 경우도 보기 어렵지 않다. 요즘은 20대만 되어도 동시대의 10대가 무엇을 하며 살고 무엇을 원하는지 알기 힘들다. 자신과 너무 동떨어지거나 잘 모르는 것에 대해서는 쓰지 않는 편이 낫다. 그럼에도 불구하고 쓰고 싶다면 타깃에 대해 충분히 알아보고 써야 한다.

타깃을 정한다는 것이 타깃만 만족시키면 된다는 뜻은 아니다. 주 타깃이 10대 남자라 해서 10대 여자, 20대 여자, 30대 남자 등 다른 층의 사람들이 이 작품을 보지 않는 것은 아니라는 뜻이다.

독자층의 분류를 무색하게 만드는 광범위한 공감과 흥미를 끌어내는 작품이 정말 성공적인 작품이다. 그러나 이러한 성공은 기적에 가까운 일이기 때문에 타깃을 설정한다.

타깃에 매몰될 필요는 없다. 독자는 확장될 수 있다. 당신이 남성 취향 포르노를 쓴다고 여성들이 그 글을 보지 않을 거라는 생각은 버려라. BL을 쓴다고 해서 남성 독자가 보지 않을 거라는 생각도 버려라. 세상은 넓고 취향이 다양한 사람들은 넘쳐난다.

그런 '규격 외 독자'들까지 모두 만족시키기 위해 노력하라는 이야기는 아니다. 다만 이런 부분에 대해 생각도 하지 않고 있다가 당황하는 작가들을 많이 봤기에 하는 이야기다. 집중하되 매몰되지는 마라.

앞서 한 이야기와 합쳐 정리하자면, 어떤 소재를 고르든 쓰는 사람의 자유다. 다양하고 넓은 것을 탐색하고, 하고 싶은 걸 하면 된다. 다만 상업적인 성과를 고려하고 싶다면 현재의 트렌드와 접목할 방법을 생각해야 한다.

상품을 만든다면 타깃을 정하자. 타깃의 '니즈'를 파악하고 공감대를 형성할 수 있는 '이야기'를 만들어라. 흥미를 끌 수 있는 '소재'를 넣어라. 소재는 '키워드'로 이야기의 방향성, 스토리와 깊게 연관되며, 이 키워드는 독자의 '욕구'와 밀접하게 닿아 있다.

독자는 대부분 초보다

독자를 아래와 같이 분류할 수 있겠다.

- 얼리어답터: 연재 분량 5회 이하짜리 글을 찾아다니는 독자들. 괜찮아 보이면 관심 작품이나 선호 작품으로 선택하고 댓글을 달아주는 등 가장 능동적인 독자들이다.
- 중위진입자: 작품이 인기 순위에 오르거나 주변 추천이 있으면 보는 사람들. 자기 사정에 따라 빨리 따라오기도, 늦게 따라오기도 한다.
- 엔드유저: 통상의 엔드유저는 최상위 유저를 말하지만 이 경우는 완결이 확정되거나 완결이 된 후에 보는 사람들을 말하겠다.

'장르 진입자'와 '장르 숙련자'로 분류할 수도 있다. 누군가는 수도 없이 본 것을 놓고 "처음 봤다", "새롭다"라는 피드백이 나오는 경우는 흔하다. 이때 독자들끼리 "이게 뭐가 새롭냐"라며 충돌이 벌어지기도 하는데, 그 사람들은 정말로 그것을 처음 본 것이다. 흔한 것을 새롭다 하는 데 불만을 품는 사람들은 이미 장르 숙련자이며 감탄하는 사람들은 장르 진입자다.

사실 숙련자라 해도 진입한 지 5년쯤 되었다고 하면 10년 전에 유행했던 것은 알지 못한다. 그러다가 사이클이 돌아 10년 전 유행했던 패턴이 돌아오면 이 사람은 "내가 이 바닥에서 글을 많이 봤는데 이런 건 처음이야!"라며 감탄할 수도 있고, 또는 A 장르에 대한 이해는 깊지만 B 장르에 대한 이해는 없어서 "이런 건 처음이야!"라고 감탄할 수도 있다. 그리고 사실 장르소설을 오래 읽었어도 마니아 레벨에 이르지 않는 사람들도 많다. 드라마 보듯 가볍게 즐기고 내려놓지 깊게 파고들지 않는 것이다.

장르소설은 대중소설이다. 시장이 확장한 진입자, 즉 '뉴비'는 넘쳐나며 가볍게 발만 담그고 있는 사람들이 바로 우리가 노려야 하는 '대중'이다. 숙련자, 마니아는 소수다. 장르소설은 진입 장벽이 높다고 했다. 작가는 대부분 장르의 숙련자나 마니아라서 이 눈높이를 잘 맞추지 못하는 경우가 많다. 창작에 대한 고정관념이 독자와 같은 시선을 갖는 것을 방해하기도 한다.

독자가 장르를 이해하지 못할 수 있다는 것을 감안해야 한다. 마니아에게 평이 나빠도 대중 평가나 흥행성이 좋은 작품들은 많다. 내 눈에는 별로인 그 작품들이 왜 팔릴까? 진입 장벽을 낮췄기 때문이다.

🌸 진입 장벽을 낮추려면 제대로 알아야 한다

의외라고 생각할 사람들도 있겠지만 장르소설은 진입 장벽이 높다. 예를 들어 판타지소설을 읽기 위해서는 검과 마법의 세계, 작위, 세계의 자체적 규칙, 패럴렐 월드 등 장르적 규칙에 대한 이해가 필요하다. 이들을 납득하지 못하면 장르로의 진입 자체가 어렵다. '일본식 이름이나 영어식 이름은 복잡하고 어려워서 일본 소설이나 판타지소설을 못 읽겠다'는 사람도 드물지 않다. 앞서도 말했듯 무협은 진입 장벽 문제가 있는 대표적인 장르다. 큰 장벽이 없을 것 같은 로맨스도 장르가 핵심적으로 품고 있는 '정서'라는 강고한 장벽이 존재한다. 장르에 대한 편견도 장벽으로 존재한다.

이 장벽은 독자뿐만 아니라 작가에게도 적용된다. 평소 장르소설에 큰 관심이 없다가 장르소설을 처음으로 써 보려는 사람이라면 지금 당장 그 점이 고민스러울 것이다. 마니아 독자였던 작가들은 아무렇지도 않게 엑스칼리버가 어떻고, 계급은 어떻고, 마나, 서클 등의 단어를 자연스럽게 다룬다. SF소설 작가들은 테라포밍, 광속 여행, 스피어, 패럴렐 월드, 워프 같은 단어를 아무렇지도 않게 말한다.

다행히 현재 『AK 트리비아 북』이라는 판타지소설 창작에 도움이 될 만한 시리즈가 나오고 있다. 『도해 흑마술』, 『도해 켈트신화』, 『영국 귀족의 생활』, 『중세 유럽의 무술』 등이다. 『게임, 만화, 소설 등 작품 창작을 위해 꼭 알아두어야 할』 시리즈도 있다. 책을 일일이 마련하기 어렵다면 도서관과 친해지자.

가까운 도서관도 없다면 포털 사이트 네이버를 활용하자. 검색을 하라는 이야기가 아니라 네이버에서 제공하는 데이터베이스인 네이버 지식백과와 네이버 캐스트를 활용하라는 뜻이다. 해당 테마로 검색을 하여 맞는 백과를 읽어만 보아도 꽤 많은 것을 얻을 수 있다. 장르 초보자들에게 유용한 서적인 『판타지 라이브러리』 시리즈도 네이버에 데이터베이스화 되어서 들어가 있다. 서적뿐만 아니라 잡지도 공개되기 때문에 참고하면 좋다. 다만 포털 자료 중에는 신뢰도가 낮거나 발간된 지 오래되어 정보의 가치가 훼손된 데이터들도 있으니 그 부분을 주의하기 바란다.

기초 지식을 쌓는 데는 『시공 디스커버리』 시리즈 같은 얇은 교양서적도 적극적으로 활용하면 좋다. 유아용 또는 초등학생용 서적도 기초를 습득하기에 유용하다. 잘 모르는 분야의 책을 두껍고 어려운 것부터 읽으려 들면 힘들다. 쉬운 것부터 하나씩 읽어 나가는 게 훨씬 도움이 된다.

박물관 사이트를 샅샅이 뒤지는 것도 추천한다. 한국을 비롯해 세계 각국 박물관은 고급 정보 PDF를 무료로 배포하기도 한다. 특히 국내 박물관 사이트에는 한국 시대물을 쓸 경우 쓸 만한 자료가 많으니 잘 살펴보자. 필요한 정보가 취미에 관한 정보라고 한다면 관련 동호회 커뮤니티를 쭉 훑어보는 것도 상당히 도움이 된다. 특히 전문 직업물이 유행인 현재에는 이런 정보들이 유용할 것이다.

주의할 점은 공개되어 있다고 해서 다 오픈된 소스는 아니라는 것이다. 특히 이미지에 비해 텍스트는 더욱 오픈 소스가 적다. 검색해서 얻은 자료를 복사해 조금 고쳐 쓰는 작가들이 적지 않다고 하는데 그것도 표절이고 저작권 침해다. 참고 자료는 참고 자료일 뿐이다.

🌸 정보 수집 시 주의점

위에서 말한 곳들을 모두 뒤져 봐도 정보를 얻을 수 없다면? 전문 직군에 대한 엄밀한 전문 지식이 필요하다면? 이 경우 답은 영미권 책과 구글에 있다.

예를 들어 당신이 바리스타 이야기를 쓴다고 하자. 웹을 검색하면 쓸데없는 정보만 나온다. 그렇다고 키워드를 하나하나 섬세하게 조율해서 얻어 낸 정보는 지금 이해하기에는 너무 어려운 고급 정보일 수도 있다.

그래서 웹이 아닌 책을 찾아보기로 했다. 커피 관련 책은 많다. 그런데 이 책들의 90%는 에세이거나 레시피와 산지에 대해 겉만 핥는 감성적인 대중서이다. 전문 잡지나 머신 관리, 영업, 배전 등에 대해 이야기하는 책은 손가락으로 셀 수 있다. 나머지는? 영어나 일본어를 알아야 습득할 수 있다.

한국의 전문직 관련 서적 상황이 대부분 이렇다. 가끔 전문가용인 듯 내용이 충실하고 풍부한 책을 발견하면 발간 연도가 1980년 대인 경우도 자주 본다. 이 나라에서 뭔가 계승이 되기는 하는 것인지 걱정스럽다. 어떤 직종이든 공부를 하려 하면 한국어로 된 좋은 자료 서적의 개수는 열 권을 채우기가 어렵다. 사실 대부분의 전문 직업인들이 다 외국어 교과서로 공부하여 졸업하지 않던가.

판타지소설을 쓰려고 중세 귀족사나 무기에 대한 책을 찾아볼 때도 비슷한 어려움을 겪을 것이다. 대중서 형태로 나온 책들은 '그냥 중세 귀족이 그렇게 살았대' 수준을 벗어나는 경우가 드물다. 중세는 9세기부터 16세기, 즉 유럽 전역의 700년 동안을 가리키는 말이다. 영국과 독일(당시에는 독일이라 부르지도 않았다)의 풍습과 법률이 다르고 계승법도 달랐다. 어느 나라는 딸이 작위를 물려받지만 어느 나라는 불가능하고, 어느 나라는 그녀와 결혼한 남자가 작위를 물려받는다. 시간이 지나면 여성 상속제가 등장하다가 사라지기도 한다.

중세는 중세라는 말 한마디로 통칠 수 있는 시기가 아니다. 조선 시대도 '조선 시대에는 그랬대'라고 싸잡아 말하면 공격당하기 십상이다. 영국 빅토리아 시대도 초기-중기-후기로 분류된다. 현대 판타지물 중에는 1990년대가 배경인 판타지소설도 다수 있는

데, 1990년대와 2000년대의 디테일이 다른 것을 우리 모두 알고
있다. 단 10년으로도 그만한 차이가 난다.

작중에서 중요한 설정이라면 신뢰할 수 있을 만한 필자의 자료
를 근거로 삼자. 특히 대중 작가는 자신의 지식을 대중에게로 전
파하는 입장에 있다. 매체에서 전문 직업군을 지나치게 허황되게
묘사해 해당 직업인들이 고통 받은 적도 여러 번 있다. 전문가는
못 되더라도 지나치게 이상한 소리를 하는 건 곤란하다. 또 지나
치게 이상한 소리는 독자의 몰입을 깬다. 자신이 가진 직종에 대
한 이야기는 아예 못 읽는 사람들도 많다. 어차피 소설은 환상이
라지만 사실이 바탕에 있을 때 환상도 빛을 발한다.

🌸 닳아 없어진 걸 채우는 법

작가는 소모되기 쉬운 작업이라고 여러 번 이야기했다. 창작력은
마르지 않는 샘이 아니다. 한 번에 동날 수도 있다. 작가로서의 자
신이 고갈되면 인간으로서의 자신을 갈아 넣어야 하는데 권하고
싶지 않다.

나는 원래 영화를 좋아하지 않았다. 그러나 고갈을 경험한 이후
로는 영화를 계속 보러 다녔다. 소설을 읽으려 해도 스트레스 때
문인지 일부러 단순한 전개의 로맨스소설을 선택해도 읽을 수가

없었다. 문자를 읽어도 그게 머릿속으로 들어오지 않았다.

영화가 상업성과 작품성의 통합이 많이 된 매체라고 생각했고, 내 안의 고갈된 것을 채워 넣기 위해 영화를 보러 다니기 시작했다. 전시회, 공연도 틈나는 대로 보러 다녔다. SNS에서 사람들이 무엇에 흥미를 가지고 무엇을 공유하는지 관찰했다. 사람들이 무슨 생각을 하는지 나름대로 이해하려고 노력했다.

장르소설은 대중소설이고, 대중소설은 대중의 욕망을 저격한다. 앞서 말했듯 이는 반드시 대중의 욕구에 100% 부합하여야 한다는 의미는 아니다. 그러나 충족시키든 배신하든 비틀어 낱낱이 전시하든 그 기반을 이해하지 못하면 변주는 당연히 불가능하다.

어떤 분야의 작가이든 작가는 시대와 함께 호흡하며 시대를 기록하는 사람들이다. 그 형태가 각자의 위치나 분야에 따라 조금 다를 뿐이다. 계속 찾고 느끼고 보고 익혀야 한다. 소설을 쓴다고 골방에 틀어박히지 말자. 작업 중에는 그래야 할지도 모르지만 작업이 끝났다면 다시 세계와 연결되기 바란다. 소설은 세상과 단절되어 쓰는 것이 아니다. 소설을 포함하여 많은 예술은 세상과 닿아 있음으로써 의미가 커지는 것이다.

새로운 음식이나 좋아하지 않는 장르의 음악에도 도전해 보자. 그런 새로운 영역에 닿았던 순간의 자신과 익숙해진 이후의 자신을 기억하길 바란다. 글도 마찬가지로, 자신이 처음에 무엇을 하고

자 하였는지 그것을 잊지 않기를 바란다. 달리기만 하다 보면 사람은 자신을 잊어버리고 앞으로 나아가는 데만 치중해 왜 가려고 했는지도 잊어버린다. 어느 순간 그 사실을 깨달았을 때 자신을 지탱해 줄 수 있는 것, 기억나는 것이 없다면 그대로 무너지기 쉽다.

나는 운동도 했고 그림도 그렸고, 이것저것 잡다한 취미에 손을 뻗어 본 편인데 어느 것이든 글을 쓰는 데 도움이 되지 않은 것은 없었다. 직장 생활 역시 글쓰기에 도움이 되면 됐지 마이너스가 되지 않을 것이다. 장르소설 시장은 유행 소재를 따라가며 반복 생산하는 경향이 정말 심하고, 이 패턴에 매몰되면 자신을 성장 시킬 수 있는 기회 자체를 잃어버린다.

『미생』의 작가 윤태호가 직장 생활을 하지 않고서도 그런 만화를 그렸다고 말들 하지만 그것은 작가가 많은 조사를 하고 성찰을 할 시간이 있었기 때문에 가능한 것이다. 작품 의도 또한 확고하다. 하지만 웹소설 작가가 같은 조사를 할 기회를 가질 수 있을까? 그런 작품 의도를 관철할 수 있을까? 웹소설은 웹툰보다도 관용이 없는 분야다. 텍스트라는 특성 또한 여유를 없앤다. 그럴 시간에 유행 소재 카피해서 돈을 벌라는 게 시장의 요구다.

유행 소재를 쓰는 것은 나쁘지 않다. 그러나 그것이 안이함으로 결착된다면, 조금도 발전할 여지없이 안전하게만 가자는 생각이라면 재고해 봤으면 좋겠다.

그런 생각을 가졌다고 해서 작가가 못 되는 것은 아니다. 다만 선두 그룹은 될 수 없다. 물론 아류 그룹으로도 만족할 수 있지만 아니라면 다시 생각해야 한다. 계속 귀와 눈을 열어 두고 세상의 이야기를 들어야 한다. 자신을 충전하고, 닳아 없어진 것을 채우고, 좁은 자신의 세계를 계속 넓히는 체험을 해야 한다.

작가는 자신이 아는 것 밖에 쓸 수 없다. 작품이 곧 작가는 아니지만, 작가가 살아오며 보고 경험한 것이 작품이 된다는 것은 자명하다. 그래서 어떤 사람들은 성장하지 못한 채 계속 쳇바퀴만 돈다. 그렇게 되고 싶지 않다면, 또는 자신을 계속되는 소모에서 구해 내려면 계속 삶의 영역을 넓혀 가야만 한다.

웹소설과 시대상

"장르소설은 현실(특히 사회 문제)과 관계없다"라는 이야기가 종종 나온다. 특히 판타지나 무협처럼 가상의 다른 세계를 배경으로 하는 작품군에 대해서는 더욱 그렇다.

과연 그럴까? 욕망은 제로에서 태어나지 않으며 인간의 욕망은 사회의 욕망과 밀접하게 연결되어 있다. 다시 말해 독자의 욕망은 사회의 형태와 밀접하다는 말이다. 회귀물의 경우 초창기에는 미래를 미리 알고 있다는 전능감 위주로 전개되었으나 점차 '실패와 좌절 없는 인생'을 목표로 하게 되었다. 한 번의 실패도 용납하지 않는 사회에서 살고 있기 때문에 가지게 되는 욕망이다. 갑질물이나 사이다물 역시 앞서 말했듯 사회상을 반영한다.

예능 프로그램의 이슈, 또는 사회 이슈를 잽싸게 낚아채 일일 연재분 에피소드를 만드는 작가들도 많다. 속도나 경쟁에 쫓겨 게으르게 현실을 베끼는 경우도 많지만 자신의 생각을 펼치고 자신만의 결론을 내는 작가들도 분명히 있다.

대중을 겨냥하고 현실에서 해소되지 않는 욕구를 노리는 만큼 웹소설은 현실과 가까이 붙어 숨쉰다. 판타지소설을 현실 도피적 소설이라 말하기도 하지만 이것이 현실을 무시한다는 뜻은 아니다. 우리는 가상 세계 역시 현실을 투영해 만듦으로써 모순과 한계를 그대로 비추어 낸다. 웹소설도 현재의 한계를 비추는 경우가 많다. 어떤 창작물도 시대 바깥의 물건이 아니다. 그저 그 한계 안에서 각자 다른 이야기를 만들어 내는 것뿐이다.

작가로서의
자신을
만드는 법

작가로서 전략 세우기

행동 규칙을 만들자

연재를 시작하기 전에 작가로서의 행동 규칙을 정하자. 아마추어 작가라고 해도 독자들은 여러 가지를 요구한다. 착해야 하고, 꼬 박꼬박 연재해야 하고, 연재 중단을 하면 안 되고, 무슨 소리를 들 어도 우울해하면 안 되고, 화를 내서도 안 되고, 심한 말을 들었다 고 공개적으로 불평을 해서도 안 되고, 갑자기 글을 비공개 처리 해도 안 되고, 특별한 날에는 추가 편을 올려야 하고, 똑똑해야 하 고……

어디까지 나열해야 할지 모르겠다. 하여간 연재를 해 보면 웹 소설 작가가 얼마나 대상화되는 존재인지 체감할 수 있을 것이다.

떠받들어 주는 듯하다가도 작가의 행동이 마음에 들지 않으면 "우리들 덕분에 돈을 벌고 인기를 누리면서 어떻게 그럴 수 있느냐"고 '갑'처럼 구는 사람들도 많다.

독자들뿐 아니라 작가들 사이에서 트러블이 생길 수도 있다. 당신은 전혀 알지도 못하는 작가가 몰래 독자인 척 당신을 공격할 수도 있다. 연재 사이트와 트러블이 생길 수도 있다. 트러블의 양상은 제각각이지만 현재 흔하게 발생하는 트러블은 이 정도다.

- 독자와의 소통을 어디까지, 어떻게 할 것인가?
- 무례한 댓글에 어떻게 대응할 것인가?
- 표절 당했을 때 어떻게 대응할 것인가?
- 표절한 사람으로 지목되었을 때 어떻게 할 것인가?
- 무단 복제본이 유포될 때 어떻게 할 것인가?
- 다른 작가가 친하게 지내자고 하거나, 작가 그룹으로 초대했을 때 어떻게 할 것인가?
- 전자책이나 종이책 출간 확정시 어떻게 연재 작품을 처리할 것인가?

전체적으로 작가의 영역에서 자신이 어떻게 행동할 것인가를 정해야 한다.

하나부터 열까지 물 샐 틈 없이 방비하라는 소리는 아니다. 대응 방법이 철두철미해야 할 필요도 없다. 그저 많이 발생하는 문제 정도는 미리 생각해 보는 것이 좋다.

이런 대응은 각자의 개인적 성향에 따라 최선책이 다르므로 내가 가진 방식을 설명해 봤자 큰 도움이 되지 않을 것이다. 실제 트러블이 발생했을 때 정해 놓은 대로 움직이기 힘들 수도 있다. 그러나 문제를 생각해 보고 대응책을 세워 두었는가 아닌가, 입장을 뒷받침할 수 있는 근거를 마련해 두었는가 아닌가의 여부는 사건의 대응에 큰 영향을 미친다.

나 역시 최초 연재를 시작할 때 여기 있는 것들에 대한 간략한 기준을 정하고 시작했다. 소통, 댓글, 표절, 출간 등에 대해서는 기준대로 처리했고 타협해야 하는 경우에도 내가 정한 기준을 기반으로 타협했다.

지금은 내가 시작했을 때보다 상황이 복잡하고 문제의 발생 빈도도 높다. 자신의 기준이 없으면 상황을 파악하지 못한 채 흔들리기 쉬우므로 한 번 생각해 보는 것을 권하고 싶다.

나의 단점이 나의 무기일 수도 있다

작가에게는 무기, 즉 자신의 특장점이 필요하다고 앞서 말했다. 그런데 아마추어 작가들은 장점을 갈고닦는 것 보다는 단점을 없애는 데 집중한다. 여러 연재 사이트나 커뮤니티에서 "제 글 평가해 주세요", "단점 지적해 주세요"라고 말하는 아마추어 작가들을 보기란 어려운 일이 아니다. 장르소설판에서 평가와 비평이란 '단점에 대한 날카로운 지적 또는 비난'과 동의어가 된지 오래다.

본인의 단점은 작가 자신이 가장 잘 알겠지만 감이 안 잡히는 시기도 있기 마련이다. 다른 사람의 도움을 필요로 할 수도 있다. 그런데 왜 "단점을 지적해 달라"고 할까? 왜 "어디가 좋은지 말해 달라"고 하지 않을까?

작가란 수없이 많은 사람들에게 둘러싸여 평가와 지적을 받는 존재다. 이 직업의 스트레스 대부분이 여기에서 온다. 그 스트레스와 두려움을 미리 제거하고 싶어 먼저 나서서 지적을 해 달라고 요청하는 것인지도 모르겠다. 그런데 지적 당하는 것이 두려워 단점을 없애는 데 주력하면 무엇이 남을까? 사람에 따라 단점으로 지적하는 것은 각각 다를 것이다. 지적받은 요소들을 전부 없앨 생각인가?

단점을 없애는 데 주력한다는 것은 그냥 둥글고 무난해진다는 의미일 뿐이다. 예를 들어 일본의 유명 일러스트레이터이자 화가 아마노 요시타카(天野喜孝)의 그림을 그가 유명하지 않다는 전제 하에 일반 인터넷 사이트 게시판에 올려 놓고 평가해 달라면 어떤 댓글이 달릴까? "선이 정리가 안 됐네요", "형태 엉망이네요", "인체 비뚤어진 듯" 같은 소리밖에 안 나올 것이다.

개성은 돌출점이다. 날카로우며 어색하고 불편하다. 완급을 조절할 줄 모르는 초보 단계에서는 그것이 마냥 단점으로 보일지도 모른다. 진짜 단점과 개성을 구분하는 것도 그 단계에서는 어렵다. 초보 단계에서의 단점은 작품을 써 가며 알아서 사라지는 경우도 많다. 일정 궤도 이상 올랐는데도 남아 있다면 그때 없애도 늦지 않다. 글을 쓰기 시작한 단계에서 집중해야 하는 것은 단점을 없애는 것이 아니라 '장점의 극대화'다.

장르는 취향이 좌우하는 시장이고, 사람들은 한 작품의 장점이 마음에 들면 단점에 대해서는 어느 정도 눈을 감는다. 장점에 집중하고 장점을 키워야 한다. 자신이 뭘 잘하고 잘할 수 있는지를 아는 것이 그 무엇보다 중요하다.

작가는 단점을 지적받기 위해 있는 존재가 아니다. 단점을 가리는 데 급급해 흠 없이 무난한 존재가 되는 것을 목표로 하지 말자. 그보다는 '단점을 눈감아 줄 정도로 장점이 뛰어난' 작품을 쓰는 걸 목표로 삼자.

입장을 바꾸어 글을 쓰기 시작한 누군가가 당신에게 평가를 부탁할 때는 장점 위주로 이야기하자. 정말로 심각한 문제가 아닌 이상 단점을 지적할 필요는 없다. 해 보면 칭찬이 얼마나 어려운 일인지 알게 될 것이다. 칭찬을 잘하는 사람들이야말로 정말 대단한 사람들이다. 주변에 있다면 아끼고 잘해 주자.

🌺 목표와 꿈을 구분하자

연재를 시작하며 목표를 정하는 사람들이 많다. 당신의 목표는 무엇인가? 이번 주까지 1000명에게 관심 작품이나 선호 작품으로 등록되는 것? 조회 수 20만을 찍는 것? 출간 제의받기?

이건 목표가 아니라 희망, 꿈이다. 목표는 자신이 컨트롤할 수 있는 영역에 있어야 한다. 당신은 부딪혀 보기 전까지 이 작품이 성공할지 실패할지 인기가 어느 정도일지 아무것도 알 수 없다. 내가 한 편 올릴 때마다 정비례하여 사람들이 관심을 1씩 주는 것은 아니지 않은가?

물론 그런 것에도 목표라는 이름을 붙일 수는 있다. 그러나 그 목표는 '지금 당장 이룰 수 없는 최종 목표' 같은 것이라고 생각하자. 그런 원대한 목표를 단기적 달성 과제로 삼아 버리면 당신은 운에 맡겨야 하는 일과 노력으로 컨트롤할 수 있는 일을 착각하고, 달성하지 못하면 노력이 부족해서 달성하지 못했다고 생각하게 된다. 정신력이 깎이면서 '선호 작품 1000'이라는 목표를 '선호 작품 500' 또는 '선호 작품 100'으로 점점 내려 잡게 될지도 모른다. 그렇게 낮춘 목표라도 이루어지면 그나마 낫겠지만 그것도 말처럼 쉽지 않다. 결국 자기만 괴로워지고, '왜 이 정도로 목표를 낮췄는데도, 이렇게 노력하는데도 이루어지지 않을까?'라는 억울함 비슷한 감정에 휩싸이면 병드는 것은 시간문제다.

물론 노력해야 과제를 달성할 수 있는 것은 맞다. 그러나 내가 정한 조건을 완료했다고 해서 그 결과까지 반드시 주어지는 것은 아니다. 조건을 달성한 이후는 운이라고 봐도 무방하다.

출간의 경우는 특히 운이 당락을 결정하는 경향이 강하다. 인기 작품이고 시장성이 충분하더라도 해당 장르 출판사들의 출간 리스트가 꽉 차 있거나 편집자의 취향에 맞지 않으면 컨택이 오지 않는다. 이런 문제를 '내 탓'이라고만 생각하고 있으면 당연히 사람이 무너질 수밖에 없다. 자신이 컨트롤할 수 없는 일을 목표로 삼으면 안 된다. 목표는 자신이 컨트롤할 수 있는 것이어야 한다. '하루에 몇 자를 쓴다', '며칠까지 무엇을 쓴다' 같은, 자신의 노력으로 이룰 수 있는 달성 과제와 소망을 혼동하지 말자.

작가로서 나 자신을
어떻게 다룰 것인가?

자신의 욕망에 솔직하자

목표와 꿈을 혼동하지만 않는다면 꿈을 꿔서 나쁠 것은 없다. 다만 꿈, 즉 자신의 욕망에 대해서 회피적인 태도를 가지지 않았으면 좋겠다. "조회 수 100만 넘었으면 좋겠다(하지만 그렇게 될 리가 없지 하하)" 같은 태도를 말하는 것이다. '작가 A처럼 인기 많았으면 좋겠다', '해외에도 출간됐으면 좋겠다' 같은 소망을 분명 가지고 있으면서 "내 주제에 무슨" 같은 말로 회피하지 말자.

정말 포기했다면 모를까 누가 비웃을까 봐 부끄러워서, 달성하지 못하면 상처 받을까 봐 자기 마음을 배신하면서 아닌 척 눈을 돌려 봤자 괴로움이 덜해지지는 않는다. 오히려 이런 회피적 태도를 보이는 사람들이 상처도 더 깊게 받고 길게 간다. 정면으로 대하면 떼어 내기도 쉬운데, 정면으로 마주한 적이 없기 때문에 벗어나거나 떼어 낼 기회도 잡지 못하고 계속 주변을 맴돌게 되는 것이다. 자신이 자신의 욕구를 부정하는 것은 이중으로 상처 받는 지름길이다. 스스로를 괴롭히지 않더라도 우리는 힘들 일이 많다. 자신에게는 솔직하자. 원한다면 "조회 수 100만 찍고 싶다", "해외 번역 출간 되었으면 좋겠다", "드라마화 되길 원한다"라고 말하자. 굳이 말은 하지 않더라도 마음속에서라도 그 욕망을 인정하길 바란다. 성과를 바라는 것이 왜 부끄러운 일인가? 꿈은 누구나 꿀 수 있다. "주제에 그런 꿈을 꾸다니"라고 비웃는 사람들은 당신을 소중히 여기는 사람이 아니니 멀리하면 된다.

원대한 야망 외에 중간 과정에서 현실적으로 달성 가능한 꿈들도 하나하나 쌓아 두길 바란다. 자기가 무언가를 하고 있고 착실하게 쌓아 가고 있다는 감각은 창작자에게 특히 중요하다. 작가들이 작품 수, 이제까지 쌓은 연재 분량, 글자 수, 조회 수 같은 수치에 집착하는 이유는 그것이 눈에 보이는 성과이기 때문이다. 창작자는 완전히 뭔가를 하나 끝내기 전까지는 형태가 존재하는 뭔가를 만들었다는 감각과 확신을 가질 수가 없다. 때로는 끝낸 다음에도 그렇다.

특히 장편 위주로 작업하는 웹소설 작가는 더 그렇다. 판타지소설의 경우 한 작품을 완결 짓는 데 3년 이상이 걸리는 경우가 허다한데 그동안 성취감을 가지기가 힘들다. 사람들의 응원과 평가가 힘이 된다지만 그 응원과 평가 또한 계산 가능한 정확하고 정량적인 것이 아니다. 또한 고정적인 것이 아니기에 그 긍정의 에너지는 새 글을 올리면 금세 사라질 듯 흩어져 버린다. 그래서 정량적 평가가 가능한 것들에게 매달리게 된다.

중간 지대를 계속 만들면서 달성감, 만족감을 얻기를 바란다. 그런 것들을 하나하나 축하하고 위로받으면서 나아가도록 하자. 너무 매달리지만 않는다면 자신을 앞으로 나아가게 해 주는 것은 무엇이든 좋다.

주변에 어떤 기록들을 어떻게 보관했는지 물어봤는데, 아마추어 시절부터 독자들의 선호 작품 등록 수나 순위 달성 순간, 마음에 드는 피드백 등을 스크린 샷으로 찍어서 보관해 두는 경우가 많았다. 나는 이런 걸 찍다가 '무슨 소용인가'라는 생각에 그만둬 버려 많은 기록을 남기지 못했지만, 지금도 간혹 그것을 보고는 감회에 사로잡힐 때가 있다. 인생에 회의가 들 때 가끔 통장을 보고 이것이 몇 명의 구입 금액인지를 계산해 보면 많은 것을 생각하게 된다. 기록을 만들어 두지 않으면 잊어버리는 것도 많으니 미래를 위해 이것저것 자주 축하하는 것이 좋다.

글을 쓰면서 제일 많이 접하게 되는 사람은 '어두운 나'다. 성공은 절대 내 정면에서 특급 열차를 타고 오지 않는다. '남들은 다 잘나 가는 것 같은데 나는 왜 안 되지' 싶어 침침한 감정에 사로잡히는 날이 올 것이다.

먼저 그 감정은 절대 일시적인 것이 아니라고 말해 두겠다. 실패의 나날을 보내고 있다면, 만족하지 못하고 있다면 어두운 감정이 쌓이는 것을 스스로도 느낄 수 있을 것이다. 그러나 글을 계속 쓰려면 그 감정을 떠나 보내야 한다.

마이너스 감정을 안고 지내는 데는 정말 많은 에너지가 든다. 내가 실패만 겪고 있을 때, 동료 작가가 "(독자나 시장에 대한)분노를 동력 삼아서는 글을 쓸 수 없다"고 했다. 매우 깊이 공감했다. 어떤 경우든 분노는 사람을 쉽게 고갈시키는 감정이다. 부정적인 감정에 가득 차서는 아무것도 얻을 수 없다. 그 감정이 사람의 모든 에너지를 빼앗아 가기 때문이다. 수많은 작가들이 어둡고 괴로운 감정에 휩싸여 아무것도 하지 못한 채 시간을 보낸다.

이 감정을 떠나 보내거나 다루는 법을 익혀야 한다. 괴로움에 지지 않고 일어선 사람들만이 매 순간에 유동적으로 대응하며 다음 스테이지로 건너간다. 성공한 사람들이라고 울지 않고 분노하지 않고 남을 시기하지 않는 것은 아니다. 그러나 그들은 울고 화

내고 시기하면서도 결국엔 글을 썼다.

　이런 감정은 만족할 만한 성공을 거둔 후에도 쉽게 사라지지 않는다. 원하는 만큼의 성공을 거두었다 하더라도 영원한 챔피언은 없다. 다시 밀려날까 봐 불안할 수도 있고, 어쩌면 끝없는 상승을 갈구하느라 혼자 불안의 쳇바퀴를 돌 수도 있다. 자기보다 잘나가는 듯 보이는 누군가를 끊임없이 질투할 수도 있고 열등감에 시달릴 수도 있다. 그런 감정을 인정하면 자신의 패배를 인정하는 것 같아서 인정하지 않거나, 외면하거나, 저런 걸 좋아하는 사람들이 이상하다며 투덜거릴 수도 있다.

　그런 부정적 감정을 굳이 배척하려고 들 필요 없다. 어차피 숨기고 억누른다고 사라지지도 않으며, 그런 감정을 느낀다고 해서 잘못도 아니고 패배도 아니다.

　이런 감정을 자학이나 분노로 은폐하는 경우를 자주 보는데, 그런 식으로 감정을 은폐하다 보면 사고방식 자체가 왜곡되어 아주 위험하다. 소설가란 내적으로 완결된 세계를 가지고 자기 머릿속에서 이야기를 짜내는, 혼자 하는 내면 작업에 특화된 직업인 탓에 이런 왜곡과의 시너지 효과가 엄청나다. 무척 빠르게 병으로 발전되기도 한다.

　남과 나를 비교하면 안 된다. 물론 힘들 것이다. 그러나 저 사람은 조회 수가 100만인데 나는 100이라고 우울해하기보다는, 힘들겠지만 자신의 100이라는 성과를 축하하길 바란다. 100명 따위 아무것도 아니라는 생각이 들겠지만 정작 50명 앞에서 자신의 작품을 읽어 보라고 하면 주눅 드는 사람이 많을 것이다.

작가는 프리랜서다. 불안정한 생계를 타인의 감정적인 지지에 기대고 있는 불안정한 존재인 이상 생존의 측면에서도 어두운 면은 계속 안고 갈 수밖에 없다. 부자였다가 빈자가 된 사람이 슬픔을 더 크게 느낀다고 하지 않는가? 창작자에게 이 상실감은 일상이다. 그러므로 있는 그대로 대면하고 한껏 부비적대다가 보내는 수밖에 없다. 꿈과 희망, 욕망과 마찬가지로 이런 부정적인 감정도 정면으로 대하기를 권한다. 그리고 그 감정이 자신의 생각 안에서 필요 이상으로 거대해졌을 때는 그 사실을 인정할 수 있어야 한다.

깨달아도 쉽게 벗어날 수는 없다. 빠르게 빠져나오지 못하는 자신을 탓하진 말자. 뜻대로 되기 힘들다. 회복은 원래 오래 걸린다. 자신의 페이스에 맞추는 것이 중요하다.

🌸 작품과 나를 분리하자

작가는 내향적인 사람이 많고 특히 인간관계 스트레스에 취약하다. 그런 동시에 수많은 사람들에게 평가받는 일을 한다. 대중에게 자신을 내보이고 평가받는 비중이 높은 직업일수록 만족도가 낮고 우울감이 심하다고 한다. 명절마다 가족이나 친척들에게 평가당하는 것으로도 스트레스 받는다고 회피하는 사람이 수도 없이 많다. 그런데 작가들은 이것을 매일, 일상적으로 당한다.

기본적으로 연재란, 집필이란 부정당하는 작업이다. 독자뿐만이 아니라 편집자에게도 부정당한다. 수많은 사람들에게 평가받는 직업인 이상 우울함, 열등감, 좌절감, 무기력감은 피할 수가 없다. 스트레스 호소 안 하는 작가를 본 적이 없으며 병원 다니며 약 먹고 상담받는 사람도 많이 보았다. 이건 쓰는 글의 분야를 가리지 않고 똑같다.

자신이 쓴 작품에 대한 애착이 있건 없건 스트레스를 받는 것은 매한가지다. 그러나 그 중에서도 유독 예민한 반응을 보이는 사람들이 있다. 글에 자아가 투영된 경우다.

이것이 나쁜 것은 아니다. 창작 생활은 많은 경우 작가의 자아실현 그 자체인 경우가 많다. 그러나 작품에 대한 작은 비판조차도 참을 수 없고 나에 대한 공격으로 느껴진다면, 내 작품에 그런 결점 따위는 없다고 생각된다면, 작품의 실패가 곧 나의 실패처럼 느껴진다면 그건 작품에 자아를 너무 많이 연결했다는 신호다. 자신을 작품에서 분리해야 한다.

장르소설은 욕구를 추동하는 만큼 작가 역시 자신의 욕구를 구현하는 완벽한 세계를 만드는 데 매진하다 지나치게 빠져들고 작품이나 캐릭터를 이상화하는 경우가 있다. '내 소설의 작품성을 알아봐 주지 않다니'라는 한탄도 사실 이 경우에 해당할 때가 많다. 사실은 사람들이 '내 작품 안에 담긴 나'를 알아봐 주지 않는다고 생각하는 것이다.

이해받고자 하는 욕망이 지나친 이유는 자신을 너무 많이 투영했기 때문이다. 작가의 작품이 작가의 이상일 순 있어도 작가 자신은 아니다. 작가의 생각을 이해 못하거나 부정하는 것이 작가라는 인간을 부정하는 것은 아니다. 작가는 작품이 아니다.

친밀한 사람을 만들어 두자

연재처에서 작가들이 피드백, 댓글을 원하는 경우를 발견하는 건 어렵지 않다. 이에 관련한 트러블도 많은데, 어쨌든 작가 입장에서 연재를 성립시키는 동력은 작가와 독자의 만남, 그리고 독자의 피드백이다.

혼자 보려고 글을 쓰는 사람이라면 연재를 하지 않는다. 보통은 여러 사람에게 다양한 반응, 특히 긍정적인 반응을 얻고 싶기 때문에 연재를 한다. 그렇기 때문에 작품이 많은 사람에게 인기를 얻고, 많은 반응을 얻는 것은 기쁜 일이다. 그러나 이것이 생각처럼 자신을 만족시키지 못할 때가 있다. 부정적인 피드백만을 말하는 게 아니다. 긍정적인 피드백만 있어도 만족하지 못할 때가 있다. 대부분은 피드백의 양보다는 질이 문제일 것이다. 작가들이 꾸준히 피드백을 달아 주는 독자나 장문의 코멘트에 연연하는 것도 비슷한 이유다.

인기나 피드백의 양이 반드시 '정서적인 만족감'을 채워 주는 것은 아니다. 어떤 작가들의 경우는 이것을 알아차리지 못해 왜 자신이 이 풍요 속에서 만족하지 못하는지도 모르고, 또는 이 풍요 안에서 만족하지 못하는 자신이 잘못됐다고 생각하거나, 또는 '질 있는 피드백이 없음'에 좌절해 버린다.

기본적으로 글쓰기는 혼자 하는 일이다. 외로운 작업이기 때문에 작가들은 이해자를 찾으며, 피드백에 대한 요구는 그 연장선상에 있다. 그러나 이제 막 나와 만난 독자들 중에서 내 글의 의도나 주제를 이해해 주는 누군가를 찾아내는 것은 '진정한 사랑'을 찾는 것과 비슷한 일이다.

일단 당신이 기본적으로 이해자를 원한다는 걸 알아야 한다. 그리고 이 이해는 절대 제로에서 시작하지 않는다. '친밀한 사람'만이 당신을 이해한다. 결국 당신이 원하는 것은 '친밀한 관계'다. 그러므로 미리 친밀한 사람을 만들던가, 아니면 피드백을 주는 사람 중에서 가능성이 있다 싶은 사람을 적극적으로 발굴해 자신의 사

람으로 만들어라. 독자들도 '이 작가는 될성부르다, 지지해 주고
싶다'는 생각이 들면 적극적으로 피드백을 하는 방식으로 그 작가
를 지원하려고 한다. 작가라고 해서 사랑받기만을 원하면서 소극
적으로 행동해서는 안 된다. 설령 나중에는 헤어지더라도 지금 자
신과 한껏 정서적으로 교류하며 신뢰할 수 있는 사람을 만들기를
바란다. 그것이 작가로서 오래갈 수 있는 방법이다.

덧붙이자면 이렇게 해서 얻은 독자는 알고 보면 동료 작가인 경
우가 많다. 작가들끼리 친한 경우를 자주 볼 텐데, 작가들끼리 말
이 잘 통해서 그렇기도 하지만 있지만 결국 서로 아쉬운 부분을
알고 잘 챙겨 주기 때문에 그렇다.

🌸 독자로서의 나를 잃지 말자

작품을 쓸 때 타깃을 정하라고 했다. 그런데 사실 누구를 타깃으
로 세우든 작품의 최초 독자는 작가 자신이다. 최초의 독자인 '내'
가 즐거워하지 않는 소설은 쓸 수 없다. 내가 재미있다는 확신이
들지 않는 글을 쓸 수 있는가? 대중이라는 집단을 타깃 삼아 쓸 수
없는 이유가 이것이다. 대중은 지나치게 다양한 집단이다. 중점이
자신이 아니라 밖으로 옮겨간 이상 스스로 글에 대한 확신이 생기
기가 힘든데, 생각해야 할 포인트까지 너무나 많은 것이다. 중심을

잡을 수 있을 리 없다. 이런 이유 때문에 작가들이 인기 소재나 클리셰에 얽매이기도 한다.

작가로서 계속 트렌드를 분석하는 시선을 유지하다 보면 다른 작품을 볼 때 작품을 즐기기보다는 분석하는 데 집중하게 되고, 간혹 이런 이유로 매체를 소비하는 즐거움이 줄었다고 말하는 작가들도 종종 있다. 그런가 하면 원래부터 분석적으로 작품 소비하는 것을 좋아해 그런 어려움을 덜 느끼는 작가도 있다.

성향이 어느 쪽이든, 이와 같은 독자로서의 시선을 '자신의 작품'을 볼 때도 적용할 수 있는가? 작가는 이미 자신의 작품에 대해 모든 걸 해독하고 있는 사람이다. 그 어떤 독자도 작가와 같은 시선을 가질 수 없다. 작가는 모든 정답을 알고 있으며 때문에 작중의 모든 문제가 쉬워 보이는 사람이다.

그래서 나는 작가로서가 아닌, 독자로서의 시선을 의식적으로 적용해 내 글을 읽는 시간을 가진다. 일종의 역할 이입이라고도 할 수 있겠다. 이때 상정하는 독자의 나이나 직업, 성향 등은 그때그때 바뀌지만 이 '내면의 독자'는 문자를 읽기 싫어하고 조금만 이해가 안 되면 읽기를 포기해 버리며, 작가인 내가 이런저런 의도와 숨은 뜻이 있다고 설명해도 별 소용이 없다. 중요한 것은 재미있는가 재미없는가, 읽기가 편한가, 소재가 흥미로운가 정도이다.

거창한 것이 아니다. 내가 가진 글에 대한 애착, 선이해를 버리고 보는 것이다. 물론 그래도 내 시각이기 때문에 완전한 제로 베이스에서 보는 것은 불가능하다. 하지만 우리가 타인에게 보일 글을 쓰는 이상, 그리고 늘 다른 사람에게 피드백해 달라고 요청할 수 없는 이상 '나를 이해하지 못하는' 내면의 시각 정도는 마련해 둘 필요가 있다. 작품을 쓴다면 제일 먼저 설득해야 하는 존재는 바로 이 독자로서의 나, 그중에서도 이 내면의 독자다.

작가의 윤리에 대해

웹소설을 쓰는 데는 별다른 진입 장벽이 없고 특별한 교육도 필요 없다. 이런 이유로 소설 쓰기를 만만히 보고 덤벼들었다가 실패하는 사람들도 많다. 누구나 쉽게 도전할 수 있어서일까. 웹소설이라는 판에서는 작가의 직업윤리에 대해서는 크게 고민하지 않는 것 같다. 예전부터 황금만능주의로 흘러가는 면이 있었지만 규칙이 없고 보호받지 않는 시장은 성장할 수 없다. 작가도 작가로서의 직업윤리에 대해 논해야 한다고 생각한다. 이 부분은 이미 많은 창작자들이 여러 각도에서 논해 왔다. 그런데 웹소설을 보다 보면 이런 논의도 너무 고차원적인 것이 아닌가 싶어질 때가 많다.

표절이 무엇인지조차 모르는 사람들이 많다. 당장 나만 해도 인기작을 보고 소재를 차용하라고 말했는데, 콘텐츠와 장르에 대한 이해가 없는 사람들은 이 말을 보고 그냥 '베껴도 관계없다'라고 이해해 버린다.

작가의 업은 창작이다. 창작은 이 세계에 없던 완전히 새로운 것을 만들어 내는 행위만을 말하는 것이 아니다. 세상에 달걀은 널려 있고, 달걀 익히는 법은 다들 안다. 그러나 창작이란 자기가 직접 깬 달걀을 자기만의 방법으로 요리해 데코레이션 하는 것이다. 세상에 이미 존재하는 재료를 자신의 정서와 생각으로 다듬어 자신의 도구, 즉 언어로 내놓는다. 이것이 작가란 직업의 '윤리'라고 할 수 있을 것이다.

표절은 이 윤리를 깬다. 남의 글을 그대로 갖다 쓰건 조금 바꿔서 쓰건, 남의 작품에서 가지고 온 부분이 크건 작건 중요하지 않다. 남이 이미 발상하고 쓴 것을 내 것인 양 쓰는 것이 바로 표절이다. 타 작가가 작품에 사용한 소재를 그대로 베껴 쓰거나 소품으로 쓰는 것, 표절이다. 자료용으로 살피던 백과사전에서 글을 복사해 붙여 넣는 것, 표절이다. 조금 고친다고 해서 표절이 아니게 되지 않는다.

영화나 미술에는 다른 이의 작품 일부를 따오는 콜라주나 오마주 같은 기법이 있다. 이 기법은 창작자와 감상자의 신뢰 위에서 성립하였다. 창작자는 다른 이의 작품을 차용했음을 숨기지 않으며 보는 사람들도 알고 본다. 평론 등을 통해 환기할 수 있는 통로도 있다. 웹소설은 그런 '약속'이 되어 있는 분야가 아니다.

인용의 범위 안에서 다른 작품을 사용했다면 반드시 어디서 인용한 것인지를 밝혀야 한다. 저자의 이름과 출처를 밝히고 될 수 있으면 사용 전 허가를 받자. 저작권이 만료하였다면 허가까지는 받을 필요는 없겠지만 출처는 밝히자.

윤리는 좀 더 세밀한 부분에도 존재한다. 만화가 데즈카 오사무(手塚治虫)가 "기본적인 인권을 침해해서는 안 된다"라고 한 이야기는 유명하고, 게임계에서는 이미 오래 전에 개발자 포럼에서 몹 AI를 인공 생명으로 보고 '인공 생명에 대한 윤리'를 논하기도 했다. 여러 콘텐츠에서 창작 윤리에 대한 논의는 계속되고 있다. 웹소설이라고 예외일 이유가 없다. 다른 장르들이 축적해 온 논의와 개념을 반영하기만 해도 충분하다.

웹소설은 포르노적 욕구를 충족시키기 위한 작품들도 많고, 사람들의 욕구란 그렇게 윤리적이지 않다. 나는 그런 작품들을 만드는 것을 금지해서는 안 된다고 생각한다. 동시에 그런 작품에 대한 비판을 금지하는 것 역시 안 된다.

작가가 많은 돈을 번다는 것, 즉 많은 인기를 얻었다는 것은 작품을 많은 사람들에게 보여 줬다는 것이며 그 작품이 많은 사람들에게 영향을 끼쳤다는 뜻이다. 창작물로 통한 간접 경험은 사실을 왜곡할 수 있다. 실제로 물에 빠져 죽는 사람은 허우적거리지 못하지만 미디어에서 익사를 허우적대는 형태로 표현하기 때문에 사람들이 물에 빠져 죽는 사람을 보아도 판별하지 못한다는 보도도 있었다.

사실을 왜곡한 표현이 현실에 영향을 끼친 단적인 예다.

이런 경우는 비판만이 현실성을 자각시키는 수단이다. 어떤 의미에서는 비판 덕분에 비윤리적 작업을 계속 할 수 있는 것이기도 하다. 윤리를 고민하라는 것은 결백한 작품을 내놓으라는 뜻이 아니다. 창작물에서는 비윤리적이고 폭력적인 소재를 사용할 수도 있다. 어떤 소재를 택하느냐가 문제가 아니다. 그러한 소재를 '어떻게 다루느냐'가 바로 윤리다.

상업적인 측면에서도 창작 윤리는 고려되어야 한다. 현재 웹소설을 웹툰이나 드라마 등 2차 콘텐츠로 제작해 중국이나 일본으로 수출하는 경우가 많다. 만일 작품에 다른 나라에 대한 편견과 비하가 노골적으로 드러나 있다면 외국에 판매할 수 있을까? 2차 콘텐츠 제작이나 될 수 있을까? 2차 저작물만 고치면 된다고 생각한다면 오산이다. 요즘 같은 시대의 소비자들은 2차 저작물만 보고 끝나지 않는다.

1차 저작자가 2차 저작을 수락하는 이유는 결국 1차 저작물의 판매를 높이기 위해서다. 마블 영화가 흥하며 원작 코믹스를 찾는 사람들이 늘어난 것을 보라. '원작'은 반드시 언급된다. 따라서 기본적인 윤리도 지키지 않은 작품은 흥행성과 별개로 1차 선별에서 떨어진다. 투자자들은 리스크를 원하지 않기 때문이다. 시장이 어떻게 변할지, 어디에 체인이 연결될지 아무도 모른다. 타깃에 매몰되지 말라고 했던 데는 이런 의미도 있다. 쓰는 사람들은 대부분 '한국인' 외의 대상을 전혀 생각하지 않는다.

윤리란 어려운 주제다. 그러나 어렵다고 덮어 둘 이야기는 아니다. 작품에 대한 여러 윤리적 비판은 계속되고 있다. 웹툰 또한 이러한 작업이 활발하며, 독자의 시선 역시 여러 매체를 접하며 날카로워지고 있다.

천민자본주의로 점철된 사고가 시장에 좋은 영향을 끼치는 걸 본 적이 없다. 돈은 중요하지만 전부는 아니며, 돈에만 매진해 굴러가는 시장은 궁극적으로 작가도 시장도 보호하지 못한다. 무법지대에도 무법지대만의 룰이 있다. 시장이 확대됐고 작품이 많은 사람들에게 영향을 끼치고 있다면 작가는 작품과 작가로서의 윤리에 대해 좀 더 고민하고 공부할 필요가 있다.

웹소설에 맞는
글쓰기 법

연재 사이트 고르기

어떤 장르를 어떤 사이트에 연재해야 할까?

나는 주로 세 장르에 대해 설명했다. 판타지, 로맨스, 로맨스판타지. 아마추어 연재처의 경우 각 장르에 맞는 사이트들이 존재한다. 예를 들면 네이버 웹소설 챌린지 리그, 조아라, 문피아, 북팔, 북큐브, 로망띠끄, 피우리, 로맨스토리 등.

자신이 쓰고자 하는 작품과 타깃층에 맞는 연재 사이트를 잡는 것은 중요하다. 각 장르에 관심이 있는 작가, 독자, 그리고 출판사는 일단 그 장르가 강세인 '텃밭'을 우선적으로 살펴본다. 출판사야 숨은 보물을 찾기 위해서라도 여기저기 뒤져 볼 가능성이 있지만 독자는 라면 코너에 가서 생수를 찾지 않는다.

각 연재처는 어떻게 다른가? 대충 감을 잡도록 예를 들어 보겠다. 판타지소설의 경우는 조아라나 문피아가 강세다. 문피아는 원래 무협 전문 사이트였지만 지금은 판타지소설이 많이 올라오고 있다. 조아라의 경우 무료 연재(일반 연재) 코너에서는 로맨스판타지가 강세이며 일반 로맨스는 어렵다. 유료 연재(노블레스) 코너에서는 남성향 판타지가 강세다.

네이버는 10대가 주 사용층으로 보인다. 포털 측에서 다양한 카테고리를 운영·관리하고 있으므로 장르 성향 자체는 특정하기 어렵지만 하이틴 취향 로맨스, 로맨스판타지와 라이트노벨풍 소설들이 주로 올라온다. 네이버, 조아라의 경우는 '팬픽' 즉 연예인이나 이미 존재하는 작품의 주인공을 자기 식대로 재해석하여 쓰는 이야기들도 많이 올라온다. 이들과 경쟁해야 할 수도 있다.

로맨스소설은 별개의 방향으로 사이트들이 자생하고 있다. 워낙 대표적인 사이트라 로망띠끄를 언급하였으나 현재 이 사이트는 주력 사이트라고 보기 어려울 정도로 활기가 떨어진다. 로맨스소설의 경우 작가들이 '연합 사이트'를 운영하기 때문이다. 어느 정도 지명도 있는 작가들은 연합을 결성하여 연합 사이트를 운영, 작품을 게시하며 정해진 기간에 회원을 받고 활동량에 따라 정리하는 등 관리를 한다. 현재 프로 작가들의 연재 사이트가 많아지며 이런 사이트를 찾아 가입하는 경향은 옅어졌지만 로맨스소설의 연재 사이트는 이런 식으로 분산이 되어 있다는 것을 이해하는 것이 좋다. 진입 장벽이 높아 보여 걱정할 필요는 없다. 로맨스소설은 한국 장르소설 중에서도 리뷰가 활성화되어 있어 재미있다는 입소문이 나면 찾아와서라도 보게 되어 있다.

BL 역시 예전에는 자생 사이트에서 회원들만을 대상으로 연재를 했으나 현재는 조아라, 북팔 등의 연재 사이트를 많이 이용한다.

2017년 기준으로는 이러한 사이트들이 존재하며, 이런 특징이 있다는 것만 이해하면 좋겠다. 판도는 계속 달라지고 사이트 내부의 분위기도 변한다. 이 정보를 기반으로 방문하여 직접 파악하길 바란다.

또한 자신의 특성에 맞는 사이트를 발견했다고 해서 그곳에만 연재하면 안 된다. 조금이라도 먹힐 것 같으면 뿌리는 것이 낫다. 다시 한 번 말하지만 독자는 쉽게 이동하지 않는다. 작가는 무조건 많고 넓은 통로를 확보해야 한다.

연재 사이트의 규칙은 엄수하자

대부분의 연재 사이트는 규칙이 있다. 명시된 규칙도, 명시되지 않은 규칙도 있다. 일단 약관을 잘 읽어 두자. 사이트에 따라 전송권을 임시적으로 취득하는 약관을 들이미는 사이트도 있다. 부당한 내용인지 어떤지는 본인이 읽어 봐야 알 수 있다.

특히 유료 연재를 염두에 두고 있다면 이러한 부분을 사전에 반드시 점검해야 한다. 돈이 오가는 문제인데 별 생각 없이 승낙했다가 나중에 마음에 안 든다고 화내는 사람들을 수도 없이 보았다. 돈을 벌기 위해 발을 들인 곳이라면 인터넷 약관이라고 우습게 보며 마구 클릭하지 마라.

상세한 부분은 보통 사이트 Q&A 코너 등에 등록되어 있으니 체크하고, 약관을 포함해 잘 모르겠다 싶은 부분은 각 사이트의 문의 코너나 문의 메일 주소로 물어보자. 휴일 제외, 영업일 기준 4일 내로 답변이 안 온다면 정상적으로 운영되는 사이트라 보기 어려우므로 연재 자체를 접는 편이 낫다. 문의 코너나 문의 메일 자체가 없거나 찾기 어렵다면 역시 정상적으로 영업하는 사이트라고 보기 힘들다.

답변을 받았고 납득이 가는가? 이 부분에 수긍하면 연재를 하는 것이고 아니면 다른 곳을 찾아야 한다. 그리고 답변을 받았다면 캡처를 히거나 저장을 해서 가지고 있는 것이 유리하다. 나중에 설명과 다르게 운영이 되어 충돌이 벌어질 경우 근거로 제시해 따질 수 있다.

'명시적이지 않은 규칙'은 좀 까다롭다. 그러나 대부분은 법적, 상식적으로 통용되는 부분이라 약관에 따로 언급이 되어 있지 않을 뿐이거나 사이트의 영업적인 부분에 관련된 것이라 납득하기 그리 어렵지는 않을 것이다.

상식적으로 통용된다는 것은 예를 들어 이런 것이다. "미성년 자도 열람 가능한 연재 코너에 성인 등급의 소설을 게시하지 마시오." 척 보기에 '아니, 당연하잖아? 누가 이런 비상식적인 짓을 한다고?'라는 생각이 들겠으나 변명하며 피해 가려는 경우를 많이 보았다. 성인 등급의 소설은 유료로만 연재할 수 있는 연재처에서 조회 수를 높이기 위해 무료로 성인물을 연재하고 싶어 하는 사람들도 있다. "무료로는 아예 연재를 못하게 하니 규칙을 어길 수밖에 없다"고 변명하기도 하는데, 금연 구역밖에 없어서 어쩔 수 없이 금연 구역에서 흡연을 했다는 이야기와 뭐가 다른가. 연재 사이트가 모든 것을 제공해야 하는 것은 아니다. 성인물 연재 자체가 불가능한 사이트도 있다. 사이트마다 규칙은 다르다.

법이 10을 보장한다면 업체는 리스크를 피하기 위해 5에서 7 정도를 실행한다. 작가와 연재 플랫폼, 출판사는 비즈니스 파트너이며 상호적 관계이다. 그중에서도 눈에 보이는 비용을 쓰고 있는 것은 플랫폼과 출판사다. 1차적 리스크 또한 그들이 진다.

어떠한 처치에 관해 납득이 안 된다면 설명이나 협상을 시도하고, 협상이 결렬되면 그때부터 싸워도 늦지 않다. 작가인 내가 고객이고 우리가 있어 너희의 수익이 유지되므로 너희는 내 의견을 따라야 한다는 논리를 내세우는 사람도 많이 보았다. 진상의 자세일 뿐이다. 작가는 플랫폼이 쌓아 온 인프라를 이용해서 도약하는 것이다. 독소 조항이거나 위법하거나 명확히 불균형한 것이 아닌 이상 링의 규칙은 존중되어야 하며, 정 납득이 되지 않는다면 다른 장소를 찾는 것이 낫다.

가능한 많은 곳에 글을 뿌리라고 했지만 유료 연재를 시작하게 되면 동시 연재에 여러 가지 제한이 걸려 있다는 것을 알게 될 것이다. 플랫폼 간의 경쟁 문제도 깊게 개입되어 있는 부분이라, 작가 개인으로서는 예상치 못한 충돌이 생길 수도 있다. 그러나 이런 경우에도 갑자기 "너 나가"라며 쫓아내거나 글을 마음대로 삭제하거나 하는 일은 없으며 대부분은 안내를 할 것이다. 당황하거나 분노하지 말고 차분히 대처하도록 하자.

🌸 시스템의 이해 및 활용

각 연재 사이트를 보면 각 섹션을 포함해서 메인 화면 또는 랜딩 페이지에 노출되는 작품들이 있다. 그곳이 격전지다. 작품을 찾는 사람들은 첫 화면에 올라온 '인기작'을 위주로 작품을 탐색한다. 그러니 그곳에 올라가는 걸 목표로 해야 한다.

먼저 여기서 한국 웹소설 역사에 따르는 특성을 이야기해야겠는데, 일반 문학의 경우 장편소설의 분량 기준이 원고지 800~1000매 정도이다. 이것이 일반적으로 생각하는 소설 한 권의 분량이며 '구매가 이루어지는 서적 볼륨'이다. 로맨스소설은 이와 비슷한 분량의 한 권, 또는 길어도 세 권 정도의 분량에서 완결이 된다.

그러나 한국 판타지, 무협소설에서 한 권이면 단편 취급이다. 한국의 판타지, 무협소설은 실질적인 구매로 성립한 시장이 아니다. 무협소설은 대본소, 판타지소설 시장은 물리적 한계를 돌파한 공간인 '인터넷 게시판'에서 시작되었다. 그리고 종이책으로 현물화되고 나서도 독자들이 물리적 한계를 경험할 필요가 없는 '대여점'을 통해 제공되었다. 대여점 부수가 보장되니 한 권이라도 더 찍어 내는 방식으로 운영되었고 장편 시리즈가 기본이 되었다.

외국의 경우 판타지, SF 등 각 장르마다 단편이나 중편 작품을 발견할 수 있지만 한국 상업 시장에는 단편 장르소설이라는 것이 존재하지 않는다고 봐도 무방하다. '웹진 거울'˙ 정도가 유의미한 단편 창구이겠으며 몇몇 출판사에서 상업화를 시도하고 있지만 아직은 초기 단계다. 최근 황금가지에서 문을 연 플랫폼 '브릿G'˙˙가 중단편 장르소설을 유치하고 있다.

여튼 이런 특성 때문에 플랫폼들은 장편 시리즈 연재를 염두에 두고 시스템을 만들었다. 유료 플랫폼들도 '장편 연재 위주 시스

˙ 웹진 거울, mirror.pe.kr
˙˙ 브릿G, britg.kr

템'에 기반해 수치를 산출한다. 그러므로 편수가 많을수록 순위 경쟁에서 유리하다. 예를 들어 보자.

- A 작품은 10화를 연재하였다. 각 편 조회 수는 100이다.
- B 작품은 25화를 연재하였다. 각 편 조회 수는 50이다.

조회 수 1당 순위 점수 1점이 올라간다고 할 때, A 작품은 1000점을, B 작품은 1250점을 얻는다. 순위 경쟁에서 B 작품은 A 작품에 비해 상위에 올라가고 독자들은 상위 랭크인 B 작품을 더 클릭하게 된다.

물론 실전에서는 여러 가지 변수가 있다. 편당 용량으로 얻는 가산점, 선호작이나 관심 작품 등록을 했을 때 얻는 점수 등이 크게 작용한다. 또 보통은 일정한 기간 내의 점수를 산정하기 때문에 무조건 승리한다고 할 수 없지만 기본적으로 장편이 유리한 것은 변함이 없다. 프로가 되어 유료 연재를 할 때도 플랫폼들이 기본적으로 장편을 원하는 것을 알 수 있을 텐데, 사람들이 한 번 결제한 것은 엔간해서는 꾸준히 결제하기 때문이다. 유료 플랫폼, 전자책 판매 플랫폼의 경우에도 시리즈는 묶어서 계산을 한다.

- A는 단권인 작품이고, B는 시리즈로 두 권짜리 작품이다.

- A가 열 권 팔렸고, B가 1권은 다섯 권, 2권은 일곱 권 팔렸다.

이때 판매 순위는 어떻게 계산될까? 순위에 같은 작품이 도배되는 것을 막기 위해 유통사들은 시리즈물을 한 권으로 통합해 보여 준다. 즉 A 작품의 판매부수는 열 권으로, B 작품은 열두 권으로 세어 B의 순위가 더 올라간다.

유통사들마다 세는 방식은 다를 수 있다. 금액이 반영될 수도 있고, 판매 권수가 반영될 수도 있다. 그러나 시리즈일 경우 합산되어 노출되는 것은 거의 비슷하다.

이런 수치가 리셋되는 시기가 있다. 하루치 순위의 경우 일반적으로 0시 기준으로 1일 단위의 수치를 재계산하며, 주간, 월간 순위도 별도 제공한다. 플랫폼마다 기준이 다른데 예를 들어 월간 순위의 경우 1일부터 31일까지의 수치를 제공하기도 하고, 조회한 날로부터 30일 전까지의 합산 수치를 제공하기도 한다.

중요한 것은 1일 수치가 특정 시간 기준으로 리셋된다는 점이다. 많은 작가들이 다른 사람보다 먼저 점수를 받기 위해 리셋 시간에 맞추어 새 글을 올린다. 먼저 노출이 되어 순위권에 오르면 선택받을 가능성이 커지기 때문이다. 그 어떤 마케팅보다 순위권에 드는 것이 제일 확실한 유입 효과를 준다. 물론 잠시의 순위이기 때문에 거품이 끼어 있으며, 때문에 일간 순위는 변별력이 없다며 주간, 월간 순위로 자신이 볼 작품을 선택하는 사람도 많다.

리셋 시간에 맞추어 글을 올리는 전략이 절대적인 것은 아니다. 자신의 작품 성향에 따라 업로드 전략을 다르게 택하는 사람도 있다. 중요한 것은 해당 사이트의 시스템을 파악하고 연재를 시작해 자신의 작품 노출을 극대화할 방법을 찾는 것이다. 판매 플랫폼은 이런 부분을 잘 노출하지 않지만 연재 플랫폼은 공정성을 이유로 산정 기준을 노출하는 경우가 많다.

웹소설 문장,
무엇이 다를까?

웹소설은 시선의 흐름이 다르다

'문장을 어떻게 쓸 것인가'는 기존의 소설 창작에 익숙한 사람들
이 웹소설을 쓸 때 가장 헤매는 부분이기도 하다. 기본적으로 문
장은 이야기에 따라 달라지는 것이 좋다고 생각하지만 분명 웹소
설이라는 포맷에서 선호받는 문장이 있다.

　인터넷소설, 웹소설이란 결국 '제공하는 곳'을 기준으로 만들어
진 용어다. 그런데 다들 알다시피 웹이란 문서를 읽기 그리 좋은
곳이 아니다. 브라우저가 기본적으로 보여 주는 폰트는 굴림체고
행간은 거의 없다시피 한 탓에 사람들은 원활한 해독을 위해 줄마
다 또는 문단마다 엔터(줄 넘김)를 쳐서 가독성을 살렸다.

이것은 PC통신 연재소설에서 자주 보였던 것이다. 당시의
사람들은 문장마다 엔터를 넣는 것이 아니라 문장이 완료
되는 것과 관계 없이 한 줄이 넘어가겠다 싶으면 엔터를
넣어서 읽는 사람이 편하게 읽을 수 있도록 노력했다.
사실 이와 같은 방법은 소설과는 별로 어울리지 않는다.

위와 같은 방식은 대화와 지문이 섞인 소설에는 그리 좋은 방법이 아니다.
실제로 그런 텍스트를 보면 알겠지만 딱 봤을 때 어딘가 혼란스러운 느낌
이 먼저 든다. 그러나 당시로서는 별 방법이 없지 않았을까 추측한다.

현재 주로 쓰는 방식은 한 문장이 아니라, 문단 단위로 분리하여 엔터를
넣어 주는 방법이다. 줄글을 쓰고 그 문단이 끝나면 공백을 삽입하며, 대
화는 대화대로 묶어 공백을 넣는 것이다. 이렇게 하면 한 눈에 보기 편한
장점이 있다.

"먼저, 대사와 지문이 별도로 구분되어 보인다."
"사실 대부분의 지문은 대사에 비하면 길다."
"그에 비해 짧게 끝나는 대사는 가독성을 가진다."

현재 많이 쓰는 방식이기도 하다. 대화에도 엔터를 일일이 넣는 경우가 있
는데, 실제로 보면 알겠지만 가독성이 오히려 떨어진다는 느낌이 든다.

대화는 길든 짧든 대화라는 것만으로 가독성을 가진다.

지문을 짧게 해 계속 단락을 나누는 경우도 많다.

사실 가독성에는 나쁘지 않은 선택이다.

그런데 내용이 좀 아니게 되는 경우가 있다.

허탈하다.

적당히 하도록 하자.

연출 의도가 있다면 괜찮겠지만

남발하진 말자.

중간에 긴 문장이 나와 시선을 빼앗으면 정말 이도 저도 아니게 되는 느낌을 줄 수도 있다. 그 예시를 위해 문장을 길게 써 보았다.

그리고 다시 짧아진다.

심란한 라인이다.

웹소설 플랫폼의 경우는 기본적으로는 스크롤 뷰, 즉 스크롤을 내려서 읽는 형식을 지원한다. 페이지 뷰를 지원하는 곳도 많지만 생각 외로 페이지 뷰를 쓰는 유저들은 많지 않다. 이것은 사실 만화책을 읽을 때 어울리는 뷰다.

그럼 보자. 스크롤을 내리며 글을 읽을 때, 독자들의 시선 흐름은 어떤 식일까?

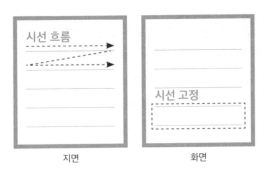

시선 흐름

시선 고정

지면   화면

　보통 고정된 레이아웃의 서적을 읽을 때 우리는 왼쪽 이미지처럼 좌측에서 우측, 위에서 아래라는 형식을 반복하며 지그재그 방향으로 시선을 옮긴다. 그러나 스크롤을 내리며 화면상의 텍스트를 읽을 때 상당수는 특정 지점에 시선을 고정하고 읽는다.

　화면을 위에서부터 아래로 다시 읽는 것은 생각보다 굉장히 피곤한 일이다. 실제 화면으로 텍스트를 소비하는 많은 사람들이 오른쪽 패턴일 것으로 예상한다. 우리는 서적은 왼쪽처럼 읽지만, 웹페이지는 오른쪽처럼 읽는 방법을 이미 습득한 상태다.

　스크롤 뷰로 문서를 볼 때 움직이는 것은 시선이 아니라 텍스트다. 텍스트 서너 줄 정도의 시야를 확보하고 시야 안으로 새로 들어오는 텍스트를 읽는 것이다. 보통 이 시야는 중앙이나 하단에 위치하는데, 일단 상단은 읽기 힘든 문제도 있거니와 맨 끝 부분만 읽음으로써 읽은 부분과 안 읽은 부분을 구분하기도 한다. 화면과 유동적 레이아웃의 가독성 때문에 정해진 위치다.

PC, 태블릿, 스마트폰, 어느 것이든 마찬가지다. 큰 화면을 가진 디바이스는 약간 더 여유가 있겠으나 그것 역시 네다섯 줄 이상의 시야를 넘어가지 않는다. 따라서 너무 긴 문장을 쓰는 것은 지양해야 한다. 문장은 간결하면 좋고, 한 문장에서 여러 내용을 다루려 하면 안 된다. 한 번에 볼 수 있는 내용이 적기 때문이다. 중요하거나 사변적인 내용이 아니라면 시선 안에서 한 대화의 주제가 끝나면 좋다.

절대적인 것은 아니다. 의도가 있어 간혹 길고 복잡하게 쓰는 것은 괜찮다. 그러나 기본적인 스타일이 이런 작가들이 있다. 본인이 해당된다고 여겨지면 개선 방법을 생각해 볼 필요가 있다.

사람들은 문단이 짧게 끝나고 오른쪽의 여백이 많은 글을 가볍고 읽기 편한 글로 여기며, 한 문단이 길고 오른쪽의 공백이 적은 글을 무거운 글, 내용이 많은 글, 어려운 글로 여긴다고 한다. 웹소설에서도 독자가 받는 느낌은 비슷하다. 이것은 일종의 '무게'를 주는 방식이기 때문이다. 그러나 웹소설에는 엔터를 넣을 수 있는 덕분에 그대로 적용되지는 않는다.

화면에 소설을 불러와 보자. 화면을 봤을 때 먼저 눈에 띄는 건 글자가 아니다. 글자들이 모여 있는, 텍스트라는 하나의 덩어리다. 앞서 예시로 든 레이아웃을 볼 때 여러분은 지문과 대사가 나눠진

부분을 제일 먼저 각자의 '한 덩어리'로 인식했을 것이다.

우리는 이것을 하나의 '이미지'로 인식한다. 이 이미지에 엔터를 넣어 무겁고 긴 덩어리를 끊고 이미지의 단위를 작게 쪼개 한 번에 받아들일 수 있는 크기로 나누는 것이다.

작게만 쪼갠다고 능사가 아닌 이유가 여기에 있다. 한 화면이 두세 덩어리로 나뉜다면 읽는 사람도 한 번에 두세 덩어리만 받아들이면 된다. 하지만 화면이 열 덩어리로 나누어진다면? 받아들여야 하는 가짓수가 상승하고 동시에 지나치게 디테일해진다. 읽기도 전에 지쳐 버린다.

독자들은 읽지 않는다

독자들은 기본적으로 텍스트를 읽지 않는다. 연재를 해 보면 자주 느낄 것이다. 이 사람들 글을 제대로 읽기는 한 것일까 싶은 피드백을 주는 사람들이 정말 많다. 사람들을 관찰해 보면 알겠지만 뉴스조차도 휘리릭 넘겨 관심 있는 부분만 읽는 경우가 꽤 많다. 스크롤 뷰가 아니라 페이지 뷰로 읽는다 해서 다르지 않다. 눈에 띄는 단어가 나올 때까지 턱턱턱 터치하다가 읽는 사람들이 많다. 그렇다면 사람들은 왜 글을 읽지 않을까?

- 읽을 여력이 없다.

작가 입장에서는 대충 읽는 사람들이 야속하겠지만 개인적으로 이해한다. 나도 회사 다니면서 책 읽기가 너무 힘들었으니까. 인문서나 고전을 읽기 힘들면 '아, 지금 내가 책을 읽을 상태가 아니구나' 하고 넘어가겠는데 극히 흥미 위주로 쓰인 가벼운 장르소설조차 읽기가 힘들어서 충격 받은 적이 있다. 단어는 어떻게든 읽을 수 있지만 내용이 머리에 들어오지 않는다.

그나마 읽을 수 있는 것이 자기 글인데 심해지면 자기가 쓴 글조차 잘 안 읽힌다. 내면의 독자조차 판단을 못한다. 다 스트레스 때문이다.

웹소설에서 쉬운 단어와 명료한 문장을 쓰는 것이 좋다고 하는 이유는 이런 사회적인 맥락과 함께한다. 소재는 이 시대의 욕망을 투영하고, 욕망은 피로와 고통을 대변한다. 마찬가지로 전달 방법 역시 시대의 필요에 따라 결정된다.

글을 읽는다는 것은 많은 집중력과 여유 시간을 필요로 하고, 이것은 학생 직장인 가릴 것 없이 평범한 현대인들에게 사치 품목이다. 한국에서 독서 인구를 늘리려면 정시 퇴근과 주 4일제 노동을 정착시켜야 할 것이다.

실물 도서 주문의 경우 주로 주중, 특히 월요일에 이루어지고 전자 도서의 결제는 주로 휴일, 쉬는 시간에 이루어진다고 한다.

쉬는 날이 많아지면 웹소설 작가에게 유리하다.

- 주로 접하는 스토리텔링 구조가 변했다.

소설은 대부분 단선적 구도다. 일직선적 플롯을 가지며 '능동적
으로 읽어야' 한다. 매체, 특히 문언을 통해 정보를 습득하는 것은
자연스러운 행위가 아니다. 인간이 학습하고 습관을 들이면서 익
숙해지는 것이다.

사람들은 텍스트에 익숙하다. 개인 디바이스를 통해 텍스트는
범람하고 있다. 그러나 읽는 이에게 직접적 연관이 있고 영향을
주는 뉴스 기사나 사람 간의 대화와 달리, 소설은 문어이고 기본
적으로 가상의 이야기를 다루고 있어 성향과 입장이 다르다.

자기계발서라면 그대로 따를 수는 없어도 동기부여는 될 것이
다. 그런데 지어낸 이야기인 소설이 무슨 동기부여가 된단 말인
가? 대부분에게 소설이란 학생 시절 나를 괴롭히던 국어 문제의
지문 중 하나일 뿐이다. 이런 경험이 실제 독서율을 떨어뜨린다.
글 읽기 자체에 익숙하지 않은데 무슨 소설을 읽겠는가. 사람들은
소설의 즐거움을 모른 채로 자란다.

소설뿐만 아니라 모든 장문의 글을 독해하는 데는 많은 집중력
과 정신력이 필요하다. 그러나 그 입문 단계인 소설, 특히 10대가
많이 접하는 판타지소설이나 라이트노벨의 경우 '공부에 도움이

안 된다'며 부모에게 적극적으로 배제된다. 이러고서 갑자기 고전을 줄줄 읽는 '진정한 독서'를 바란다.

그럼에도 불구하고 사람들은 이야기를 원한다. 이야기 산업은 절대 사라지지 않을 것이다. 문제는 이야기를 담아내는 그릇이 소설만이 아니라는 것이다. 영화, 드라마, 웹툰은 물론이요 게임을 비롯한 멀티미디어 스토리텔링은 분기별로 발전하여 알아서 머리에 꽂아 주고 체험하고 느끼게 해 주는데 고전적 플롯으로 밀고 나가며 독해와 이해를 요구하는 소설은 대부분의 '현대인'에게 지루하다. 문장은 간단하게, 쓸모없는 수식은 적게, 스토리 전개는 빠르게. 이들이 미덕이 된 이유다.

- 독자들은 문장이 아니라 이야기를 보고 싶어 한다.

사람들은 문장을 보는 게 아니라 이야기를 본다.

대화를 많이 쓰라는 조언이 있었을 것이다. 독자들은 지문을 많은 경우 흘려 보며 대화만을 체크한다. 이것은 대화가 지문에 비해 보기가 편하며 눈에 띄기 때문이다. 많은 독자들은 지문은 쓸모없는 정보이고 대화는 쓸모 있는 정보라고 인식한다.

대화는 인물이 교류하며 사건이 시작되는 구획이다. 작가도 주목을 끌기 위해 대화로 무언가 힌트를 흘리기 마련이다. 알짜배기만 먹고 싶은 독자에게는 대화만이 중요한 것이다. 지문은 그저 수식에 불과하다.

　지문을 줄이거나 없애라는 소리가 아니다. 그냥 케이크 위의 딸기만 먹는 사람들이 많다는 것이고 우리가 고민해야 할 것은 그 딸기를 어떻게 활용하느냐다. 지문 없는 소설을 쓰면 되지 않겠냐고? 그러면 사람들은 '어떻게 해야 효율적으로 읽을 수 있을지 몰라서' 읽기를 그만둘 것이다. 읽기의 효율을 따지는 사람들도 설명이 필요할 때는 지문을 본다.

　단어 하나하나를 어떻게 써야 할지 고민하는 것이 문학을 대하는 창작자의 지당한 태도인 것처럼 말하는 사람들이 있다. 물론 정확한 전달을 위해서는 단어 선택에 신경 써야 한다. 그러나 웹소설 작가에게는 좋은 전달을 위한 엄밀한 단어 선택을 고민하는 것보다 좋은 전달을 위한 좋은 플롯을 뽑아내는 게 중요하다.

　'문장은 간단하게, 쓸모없는 수식은 적게, 전개는 빠르게'라고 말했는데, 이 말인즉 웹소설은 플롯 소모가 극심하다는 소리다. 일반 소설에서 한 장면으로 한 페이지를 쓸 때 웹소설은 한 페이지에 다섯 장면을 넣어야 한다. 장르소설, 웹소설이 '소설'의 하위 장르라고 해서 일반소설과 같은 표현 방식, 추구 지점, 미덕을 가졌다고 생각하면 안 된다. 일반 문학으로서의 소설과 장르소설은 분명히 다른 섹션이다.

- 집중해서 볼 수 있는 상황이 아니다.

웹소설은 모바일 위주로 편재되어 있다는 말을 많이 들었을 것이다. 모바일을 통해서 주로 출퇴근 시간, 지하철에서, 또는 잠들기 전에 잠깐 보는 소설이라고.

'모바일'은 일단 이동성을 상정한다. 출퇴근 대중교통에서는 휴대폰을 제대로 붙들고 있기도 힘든 경우가 허다하다. 내려야 할 역을 체크해야 하고 읽는 도중에 친구에게 카톡이 온다. 답장해야 한다. 게임 AP 다 찼다고 알림 온다. 소설은 도망가지 않으니 게임부터 해야 한다.

약속 장소로 이동해 기다리며 읽는 경우라면? 그나마 조금 여유 있겠으나 약속 상대가 오면 바로 꺼야 한다. 잠자기 전에 읽는다면 조금 더 여유 있다. 그런데 중요한 것은 '자기 전에 짬이 나서' 읽는 것이라는 점이다. 이것은 마니아인가 아닌가에 따라 차이가 있겠으나 대중에게 소설은 '짬이 나면 읽는 것'이다.

웹소설은 레포트 쓰고 야근하고 야작하고 회식하고 피곤한 몸을 이끌고 들어와 씻고 눕고 이불 덮고 잠 좀 들기 위해 잠깐 보는 소설이다. 내일 아침 일찍 일어나 또 대중교통에 몸을 실어야 한다.

드라마가 가사 노동하는 여성의 배경음악으로 소모된다는 이야기가 있는데 웹소설도 비슷한 상황일 수 있다. 이미 유사한 경향이 존재한다. 중간부터 봐도 이해가 되고 쉬울 것을 강조한다. 복잡한 설정, 복잡한 감정선을 가진 작품은 버려진다.

일본 엔터테인먼트 계열 크리에이터들이 소비자들의 향유 패턴을 보며 "서사가 필요 없는 시대가 온 것 아닌가?"라는 의문을 제기한 적이 있는데, 현상의 추정 원인은 다르지만 나는 한국 웹소설에도 유사한 일이 일어나고 있다고 보고 있다. 지친 사람들은 복잡하게 생각하기 싫어하고, 쉽게쉽게 이해되는 글을 보고 싶어 한다. 이전 편 이야기를 기억하는 것조차 귀찮아 한다. '가벼움'은 시장의 적극적인 요구 위에서 성립하고 있다.

간단한 단어, 쉬운 단어, 쉬운 문장을 쓰라는 시장의 요구에 대해 조금 더 덧붙인다. 이것은 피로도의 문제뿐만이 아니라 웹소설을 읽는 층과도 관계 있다.

웹소설 독자는 인터넷 문화에 익숙한 청소년, 청년층에 한정된다 생각하는 사람들이 많다. 그러나 웹소설은 초등학교 저학년부터 50, 60대까지도 읽는다. 10대 초반의 어휘력과 50, 60대의 어휘력은 어떻게 다를까? 살아온 시대가 다르기에 당연히 쓰는 언어도 다르다. 어린 손자 손녀들이 조부모의 말을 완전히 이해할 수 있는가? 왜 장노년층은 20대의 신조어를 이해하지 못해서 곤란해할까?

인터넷 문화에 익숙하고 교육 체계가 잡혀 있는 사회에서 자라난 지금 10대의 어휘력은 그렇게 문제되지 않을 것이다. 그러나 장년층 이상의 경우에는 격차가 생긴다. 이들은 웹소설의 메인 유저는 아니지만 그렇다고 존재하지 않는 사람들도 아니다.

1980년대에 무협, 로맨스소설을 읽었던 사람이 그때 10~30대였다면 지금 40~60대다. 이 사람들은 장르소설 시장에서 영원히 떠났을까? 여유가 있을 때 '그거 재미있었지' 하면서 새로운 작품을 찾지 않을까? 인터넷에는 생각보다 나이 든 사람들이 많다. 사람들이 편견으로 외면할 뿐이다.

보여 주기에 집착하지 말자

흔히 소설 쓰기에 금과옥조처럼 언급되는 게 'Don't tell, show', 즉 설명하지 말고 풀어서 쓰라는 팁이다. 하지만 설명해야 할 땐 설명하는 것이 낫다. 설명하는 것이 짧고 빠르게 지나갈 수 있는 방법일 때는 특히 그렇다.

말로 하는 대신 보여 주겠다며 굳이 여러 장면을 소모해서 무슨 얘기를 하려는 건지 알기 어렵게 만들지 말자. '하늘에서 비가 내리고 그는 고개를 숙이고 말이 없었다.' 꼭 이렇게 구구절절 펼치지 않아도 된다. 그냥 '그는 슬펐다'라고 해도 충분하다.

웹소설에서 묘사를 위해 빙빙 돌리고 있으면 독자들은 지루해한다. 앞에서 문장보다 플롯이 중요하다고 했다. 플롯 진전도 없고 정보량도 적은데 글만 뱅글뱅글 돌리면 독자들은 의미도 없고 재미도 없는 것으로 장면 때우기, 글자 수 채우기를 한다고 생각해 버린다.

이런 이유가 아니더라도 설명을 건너뛰면 독자가 유추해야 하는 부분이 많아진다. 내 경우 초기작에 대해 "역사책 같다"는 평을 많이 들었는데 그런 피드백을 종합해 보니 결국 '자기들끼리 아는 대화를 너무 많이 한다'는 것이었다. 이 역시 작품의 해독에 능숙한 이들에게 둘러싸인 작가가 할 수 있는 실수 중 하나이다.

퀴즈는 제출자에게만 쉬운 것이다. 어느 것이 중요한 정보이고 어느 것이 버릴 정보인지, 무엇보다 자기가 파악한 것이 확실한 정보인지 독자는 알 수 없다. 물론 알쏭달쏭함을 즐기는 독자들도 있지만 대부분의 웹소설 독자는 지나치게 긴가민가한 것을 원하지 않으며 심지어 불쾌하게 여긴다.

중요한 것은 집어 주고 중요하지 않은 건 처음부터 말하지 않는 것이 낫다. 더미 정보인지 암시인지, 중요성 낮은 정보인지 중요 정보인지를 명확하게 보여 주는 게 중요하다.

연재의 전략

🔊 중요한 패는 처음부터 꺼낼 것

처음을 어떻게 시작해야 할지 감이 안 잡힌다는 사람들에게는 한 마디만 건네려 한다. 일단 중요 사건부터 던져 놓고 봐라. 이야기의 핵심, 이야기에서 보여 줄 것은 처음부터 드러나야 한다. 쌓아 놓았다가 박살 내는 구도도 일단 어떤 중대한 사건으로 시작해 쌓아 올리고 부수어야 한다.

중요한 사건을 뒤로 미루면 안 된다. 앞부분 다 쳐내고 거기서부터 시작해야 한다. '이 부분 없으면 설명이 안 되는데' 같은 말은 필요 없다. 중요 사건부터 시작해서 배경에 대해 조금씩 떡밥만 던져도 사람들은 적당히 이해한다. 안 되면 후반에 한 번 정리해 주면 된다. 어차피 독자에게 중요한 건 사건이지 배경이 아니다.

평화로운 나날 보여 주다가 부수겠다는 생각으로 사람들이 흥미도 가지지 않을 아무 굴곡 없는 일상생활 이야기 길게 쓰지 말자. 아무리 후반부가 재미있어도 초반에 흥미를 끌지 못하면 묻힌다. 인내심 있는 독자가 후반의 재미를 발견하고서 초반만 넘기고 보면 재미있어진다고 다른 독자들에게 '영업'을 해도 신규 독자들은 결국 초반에 견디지 못하고 읽기를 그만둔다.

많은 사람들은 이야기의 구조와 호흡을 이야기할 때 '기승전결'을 이야기한다. 전체적인 흐름은 그렇다고 치자. 그런데 우리는 다른 것이 아닌 웹소설을 쓸 것이다. 웹 연재에서 기-승-전-결의 순서에 맞춰 차근차근 전개되는 글을 독자들이 기다려 줄까?

'훅'은 1화에 들어가 있어야 한다. 1화에서 세게 못 때린다면 떡밥이라도 날리고 5화 안에서 훅을 줘야 한다. 책은 한 권을 사면 좀 재미가 없더라도 어쨌든 읽게 되어 있다. 읽다 중단한다 해도 이미 책값은 치른 뒤이다. 그러나 연재는 편당 분절이 되어 있기 때문에 읽던 화의 마지막 줄을 읽었을 때까지 아무런 흥미 요소도 찾을 수 없다면 바로 이탈해 버린다. 연재의 흥미 요소 배분은 책한 권의 배분과 다르다. 책 한 권의 흥미 요소 배분이 완만한 곡선을 그린다면, 연재의 흥미 배분은 지그재그에 가깝다.

단선적인 이야기를 주로 구상하는 사람은 여기서 숨이 막힐 것이다. '나는 지금 시장에 상품으로 쓸 수 있는 장편을 구상하는 것만으로도 죽을 맛인데!'라면서 말이다. 그러나 이야기를 조절하는 방법은 사람마다 다르다. 일직선적 시나리오를 쭉쭉 사건별로 겹쳐 가며 『드래곤 볼』식 파워 인플레형으로 풀어내는 사람이 있는가 하면, 에피소드별로 짧게 짧게 중편 느낌의 전개를 하는 사람도 있고 배짱으로 길게 가는 사람도 있다. 요는 자신의 작품이 어떠한 것인지를 보여 주는 것이다.

자신의 페이스를 드러내고 사람들이 그에 익숙해지게 만들어야 한다. 무조건 스피드 전으로 플롯을 소모해 가며 쓸 수 있는 사람은 그렇게 많지 않다. 독자에게 이 이야기가 무슨 이야기인지, 어떻게 흥미로울 이야기인지를 초반에 분명히 보여 주자. 그 이후에는 이 소설이 어떤 페이스로 흘러가는 작품인지를 보여 줘야 한다. 결국 독자는 작가의 페이스를 따라가게 되어 있다.

이상적인 편당 글자 수는?

아마추어 연재에 도전하고자 한다면 먼저 해당 연재 사이트에서 글자 수에 대한 규정이 정해져 있는지 알아봐야 한다. 사이트에 따라 일정 자수 이상이 되지 않는 작품은 삭제하거나 비공개 처리하는 규정이 있다. 그 이후 순위 관련 규정을 찾아 몇 자를 올리는 것이 본인에게 유리할지를 생각해 보면 된다.

그러나 여기서 가장 중요하게 검토해야 할 부분은 자신이 '꾸준한 연재'를 할 수 있을 만한 분량이다. 꾸준한 연재는 일일 연재를 말하는 것이 아니라 정기 연재를 말한다.

몇 자를 한 편으로 정해야 정해진 날, 정해진 시간에 정해진 양을 올릴 수 있을까? 연재를 하다보면 정한 글자 수 안에서 제대로 이야기가 끝나지 않아 들쭉날쭉한 분량을 올리게 되는 경우가 많다. 어떤 편은 3000자로 끝났는데 어떤 편은 7000자를 써서 올리게 된다. 편수가 많은 것이 유리하므로 너무 길어진다 싶으면 적당히 잘라서 편수를 한 편 더 확보하는 것이 낫다.

'리디북스 전자책 스토리텔링 강연회●'에서 나온 "한 화는 5500자면 족하다"라는 이야기에 얽매여 5500자(공백 포함)에 목매는 사람들을 간혹 발견했는데 그것은 프로 이야기이고, 프로들은 연재 사이트에 따라 요구받는 글자 수가 다르다.

5000자 내외가 지속적인 쓰기에도 독자가 읽기에도 적절하기는 하다. 그러나 절대적인 답은 아니다. 현재 유료 연재 중인 작가들은 주로 편당 자수를 4000자 내외로 하고 있다. 적다고 생각할지 모르겠는데, 정작 써 보면 4000자 안에 한 화를 끝낸다는 것이 생각 외로 힘들다. 나는 4000자 내외는 그냥 분량만 채우는 형식으로 잘랐지만 자르는 것도 힘들었다.

● 『동아일보』, 「똑똑똑… 순문학 작가들 장르문학 문을 두드리다」, 2015. 9. 8 (http://news.donga.com/3/all/20150908/73488724/1) 에서 자세한 내용을 확인할 수 있다.

어쨌든 이것도 궤도에 오른 작가들이 생각할 일이다. 지금은 한 가지만 생각하자. 규모를 설정하고 진행할 것. 지속 가능한 글쓰기 에만 집중하자.

비축분 만들기

한 편을 다 썼다고 해서 바로 업로드부터 하는 것은 좋은 방법이 아니다. 연재를 시작할 거라면 제목을 정하고 키워드를 달아 소개 글도 작성하고, 최소 열 편은 '깔고' 시작해야 한다. 연재를 시작할 때부터 최소 열 편은 있어야 얼리어답터들이 흥미를 느낀다.

이는 열 편만 있으면 바로 연재를 해도 된다는 말이 아니다. 못 해도 20편, 더하면 30편은 세이브 상태로 쥐고 연재를 시작하는 것이 좋다. 그래야 무슨 일이 있어도 약속된 시간에 꾸준히 올릴 수 있다. 꾸준한 연재가 그 무엇보다 중요하다.

20, 30편 비축한다는 것이 말이 쉽지, 독자 반응이 어떨지도 모르는 상황에서 혼자 원고 분량만 쌓기란 상당히 힘들다. 즉각적인 피드백을 받는 연재에 익숙해진 사람은 아무런 피드백을 못 받으면서 쓰는 이 작업이 특히 괴로울 것이다. 그래도 곧 익숙해진다.

어차피 프로가 되어 연재를 준비하게 되면 길게는 100편까지 미리 준비해야 할 수도 있다. 이 글이 실패할지 성공할지도 모르는데 그 정도의 시간을 들여야 하는 것이다. 많은 작가들이 부담을 느끼고 있는 부분인데, 연재 편수가 적으면 결제를 하지 않다보니 이런 식으로 흘러가고 있는 실정이다. 심한 경우 완결을 하고 연재를 하기도 한다. 어차피 글쓰기는 혼자 하는 작업이다. 고독함은 필수 요소다.

🌸 연재 주기가 중요한 이유

지속 가능한 글쓰기, 꾸준한 업로드의 중요성을 계속 강조하는 이유는 실제로 꾸준한 연재를 하는 작품이 성과가 좋기 때문이다. 작가들이 괜히 자신을 갈아 넣으며 일일 연재를 하는 것이 아니다.

이 점은 무료든 유료든 동일하다. 독자는 꾸준히 연재되는 작품을 선택한다. 심지어 재미있지 않아도 말이다. 연재 사이트를 살펴보면 큰 재미는 없지만, 또는 기복이 크지만 꾸준히 연재되기 때문에 인기를 얻는 작품들을 발견할 수 있을 것이다.

독자는 처음 선택한 작품을 별다른 일이 없는 이상 끝까지 본다. 한 번 선택한 작품이 정기적으로 주어지면 이 소비는 '습관'이된다. 연재 시장은 이 습관적 소비를 겨냥하고 있다. 때문에 유료연재를 시작하게 된다면 '이 작품이 끝나기 전까지는 쉬는 날이없다'고 생각하는 편이 좋다. 페이스 확보가 중요한 이유이다.

웹툰은 계속된 문제 제기로 시즌제를 도입하는 등 휴재 기간을 확보했지만 웹소설계는 그렇게 일이 진행될 가능성이 적어 보인다. 일단 시장의 형태가 다르기도 하고 말이다. 연재 주기는 미리 공지해 두는 것이 좋다. 독자들은 일단 '습관적으로' 즉 소설을 읽는 행위를 하루 일상 사이클에 넣고 소비하기 때문이다. 예를 들어 당신이 월, 수, 금 연재를 하겠다고 공지를 했다면 당신의 작품을 좋아하는 열성적인 독자는 업로드 시간을 파악해 그 시간을 비워 두었을 것이다. 이 기대를 지켜야 독자들이 끝까지 따라오기 좋다. 부득이한 사정이 있을 시에는 반드시 공지하자.

비축 원고가 넉넉해서 한 편 더 올려도 괜찮은 날이 있을 것이다. 공휴일이나 기념일이라는 이유로, 또는 전략적인 이유로 조회 수를 끌어올리기 위해 추가 편을 올리는 경우가 있는데 굳이 '한 편 더 올리겠습니다'라고 말할 필요 없다. 그렇게 되면 이것은 덤이 아니라 당연한 제공품이 된다. 독자들을 즐겁게 해 주고 싶으면 깜짝 선물처럼 올리는 쪽이 낫다.

🌸 모든 편이 재미있을 수는 없다

연재를 하다 보면 한 화 한 화의 조회 수와 관심 등록 수가 신경 쓰일 텐데 일희일비할 필요 없다. 그리고 '이번 편이 재미없어서 사람들이 떠나면 어쩌지?' 같은 걱정도 할 필요 없다.

당신이 1화로 독자를 사로잡았다면 대부분의 독자는 5화까지는 참고 본다. 그럼 5화까지는 일단 설정과 주변 인물 소개, 떡밥, 약간의 재미 요소를 흘리면서 사람들을 붙잡는다. 충분히 기초가 형성되었으면 6화에 사건을 터트린다. 5, 6화 같은 숫자를 지켜서 실행하라는 소리가 아니라 지나치게 긴장하지 않아도 된다는 얘기다.

2~3화 안에 사건이 터지지 않으면 더 이상 읽지 않는 독자들도 있다. 이처럼 성격 급하거나 자극성에 집중하는 독자들도 있지만 모두가 그렇진 않다. 읽는 사람들도 늘 재미있는 장면만 있을 수 없다는 걸 충분히 알고 있고, 장면들이 쌓여서 가져올 재미를 기대하기도 한다.

매회 뭔가를 줘야 한다고 생각할 필요는 없다. 다만 너무 오래 기다리게 하지 말고, 길게 가야 할 때는 중간 중간 흥미 포인트를 채워 주는 것도 잊지 말자. 그건 믿고 기다려 주는 사람들에게 주는 일종의 작은 사탕 보상 같은 것이다.

흥미 포인트, 즉 독자의 욕구를 100% 채워 줘야만 하는 것은 아니다. 10%, 5%라도 일정한 빈도로 강약을 주어 가며 꾸준히 채워 주면 독자는 끝까지 달려온다. 당신이 하고 싶은 이야기가 있다면 그 사이사이에 섞어서 해도 충분하다. 다만 독자의 욕구를 겨냥한 부분이 그냥 떡밥에 불과해서는 안 될 것이다. 꾸준히 끌어 나가며 기대를 준 부분이라면 최종 보상은 반드시 주어져야 한다. 그것이 안 된다면 초중반에 호기심 자극용으로 쓰고 버려라. 회귀물(타임슬립)들의 경우 어떻게 왜 회귀했는지에 대해서는 이야기 끝날 때까지 전혀 밝히지 않는 경우도 많다. 다만 회귀물이라는 인기 소재를 차용해 독자들의 주목을 끈 것이다. 독자들도 이런 부분은 그냥 장르적 허용으로 넘어간다.

🎖 언제 글을 올릴까?

앞서 연재 사이트들마다 순위가 리셋되는 시간이 있고, 주로 이 시간을 노려 업로드를 하는 사람들이 많다고 말했다. 정말 많기 때문에 일부러 이 시간을 피해서 업로드를 하는 사람들도 있다. 이때 업로드 시간은 주로 오전 일곱 시, 열두 시, 오후 여섯 시, 여덟 시이다. 왜 이 시간일까? 사람들의 생활은 생각보다 규칙적이라는 말을 해 주고 싶다.

본인이 타깃으로 삼은 대상과, 그 대상의 생활 사이클에 대해 생각해 보자. 학생이라면 등하교 시간, 점심시간을 고려하자. 회사원이라면 출퇴근 시간을 고려하자. 그들은 언제 쉴까?

유료 연재도 작품 성향에 따라 업로드 시간이 달라지는 경향이 있다고 한다. 출근 시간을 노릴 경우 아침 대여섯 시에 업로드 되고 무겁거나 진지한 성향의 작품은 퇴근 후 오후 여섯 시에서 여덟 시 사이, 즉 저녁 먹고 느긋하게 쉴 수 있는 시간에 업로드 된다는 것이다. 작품이 어느 정도 인지도가 생기면 순위권에는 안정적으로 진입할 수 있으니, 작품의 성향에 맞는 시간에 편하게 읽을 수 있게 업로드 하는 것도 좋은 전략으로 여겨진다.

🌸 작품 홍보에 대해

수많은 웹소설 중 내 소설이 있다는 것을 알리는 것도 중요하다. SNS가 있다면 그걸 활용하는 것도 좋다. 보통 개인 용도와 분리한 작가용 SNS나 블로그를 따로 만드는데 그것도 좋은 방법이다.

다만 SNS는 현재 연재 중인 작품의 홍보보다는 기존 팬층에게 신작, 새 업로드를 홍보하는 성향이 좀 더 강하다는 걸 염두에 두자. 작가용 계정을 만들었을 때 관심을 가지고 찾아오는 사람이 누구겠는가? 이미 그 작가를 아는 사람이다.

자신의 팬덤을 만들고 관리하고 신작을 계속 홍보하는 방안은 계속 염두에 두는 것이 좋다. 쉬운 일은 아니지만, 결국 작가란 개인 사업자에 가깝다. 팬덤을 가지고 있다면 남들보다 더 유리한 위치를 차지하고 있는 것이다.

간혹 순수한 평가를 받고 싶다, 기존의 명성은 필요 없다고 말하는 경우를 본다. 그러나 아무리 좋은 작품이라 해도 보이지 않는 곳에 박혀 있는 물건은 그 존재를 알 수가 없다. 나를 찾기 위해 산골짜기까지 올라오는 사람은 없다. 어떤 식으로든 눈에 띄고 발견되어야 입소문을 타고 인기를 얻는 것이다.

광고 이론 중에 AIDMA라는 것이 있다. 보통 주의(attention), 흥미(interest), 욕구(desire), 기억(memory), 행동(action)으로 풀이된다. 사자성어에서 비슷한 것은 '견물생심'이 있겠다. 눈에 보여야, 즉 존재에 대해 알아야 관심과 흥미가 생기고 살까 말까 고민도 하다가 결국 구매까지 이루어진다. 그러니 자신과 자신의 작품을 노출할 기회가 있으면 계속 노출하고 독자들에게 익숙하게 만들어야 한다. 책이란 다른 상품에 비해 신중하게 구매되는 상품이므로 (즉, 구매 저항이 높음) 더 많은 노출과 이해가 필요하다. 당신의 작품이 아무리 좋아도 대중에게 보일 기회가 없으면 그 작품은 평가를 받을 기회 자체를 잃어버린다. 그걸 '순수한 평가'라고 할 수 있을까?

할 수 있는 방법을 모두 동원해 노출시키자. 평가는 그 다음에 받으면 된다. 작가와 작품은 눈에 띄어야 한다. 묻혀 있는 나를 알고 찾아와 주는 사람은 환상 속의 존재다. 평가를 받아서 인기가 좋아지는 게 아니라 인기가 있어야 평가를 받을 수 있다.

웹소설은 정말 모바일 기반일까?

'웹소설은 주로 모바일로 소비된다'고들 한다. 그런데 모바일이 중심이라면 왜 플랫폼들은 PC 뷰어를 내놓는 것일까? 소수의 독자들도 배려하기 위해서? PC 뷰어는 모바일보다 많은 보안 비용이 든다. 소수의 독자들을 위해서 제공하기에는 유지 보수 비용이 너무 높다.

웹툰을 생각해 보자. 사람들은 웹툰을 어떤 환경에서 보는가? 특히 직장인들은? 이동 중 모바일로 보는 사람도 물론 많다. 그러나 많은 경우 업무 시간에, 업무용 PC로 웹툰을 열람할 것이다. 웹소설도 비슷한 처지다. 모바일로 딴짓을 하는 것은 걸릴 위험이 크기 때문이다.

웹소설은 일일 연재가 많아서 새벽(5~6시)에 업로드되면 바로 다운 받아서 보는 경우가 많지만 이 역시 근무 시간에는 PC로 주로 소비된다고 한다. 그러니까 이런 사이클이다.

08:00 출근 시간, 모바일 이용

09:00 근무 시간, PC 이용

18:00 퇴근 시간, 모바일 이용

19:00 집에 도착, PC나 태블릿 이용

21:00 잠들기 전, 모바일 이용.

실제로 커뮤니티를 관찰하면 한 가지 디바이스로만 플랫폼을 이용하는 경우는 거의 없다. 상황에 맞추어 그때그때 다르게 콘텐츠를 소비한다. 웹소설 쓰기를 준비하는 사람들 중 지나치게 모바일 위주로만 생각하는 경우를 보았는데 모바일이라는 형식에 너무 매달릴 필요는 없다.

모바일 이용이 계속 증가하고 있으며 그 숫자가 많은 것은 반박하기 힘들지만 모바일에 맞는 문장, 모바일에 맞는 단어에까지 집착할 필요는 없다는 것이다. 부차적인 것에 집착하지 말고 일단은 흥미롭게 쓰는 것이 중요하다. 화면을 띄웠을 때 숨 막힐 정도의 느낌만 주지 않도록 '텍스트-이미지'를 적절히 조절하자. 서체 크기나 행간 조절은 독자들이 직접 할 수 있다.

연재를 하며
돌보아야
할 것들

무대 위에 선
작가의 자세

연재의 시작과 끝

제목도 정했고 소개글도 잘 썼다. 키워드도 잘 정리해서 올렸고 초반 연재 분량 열 편도 깔았다. 연재 시간도 결정해서 업로드했다. 출간 제안을 받기 위한 작가용 이메일 주소도 별도로 잘 적었다.

연재를 시작하며 당신은 아주 설렐 것이다. 어쩌면 분 단위로 페이지를 갱신하며 조회 수와 관심 등록 수, 댓글을 챙길지도 모른다. 코멘트 하나라도 달리면 큰 기쁨을 느끼고 힘을 얻어 다음 편을 쓸 것이다. 어쩌면 일간 순위권에 올라갈 수도 있다.

다른 인기작에는 이상한 독자들도 많이 붙는 것 같은데 나는 그렇지 않아서 다행인 것 같다. 즐거움에 탄력을 받아 글도 잘 써진다. 다음 편은 언제 올라오냐는 말에 작업 시간을 늘렸다. 사람들이 기뻐하는 것이 즐겁고, 그 사람들의 말이 힘을 준다. 아직 쓰기로 잡아 둔 플롯은 가득 남아 있고, 빨리 다음 편을 업로드할 수 있었으면 좋겠다.

중반에 돌입한다. 50편 이상에 돌입했다. 초반의 기력이 슬슬 사라지고 다음 전개는 어떻게 해야 할지 중간 중간 막히기는 하지만 여전히 좋은 독자들이 많다. 다른 사람들이 즐거워해 주는 것, 의견을 주는 것은 여전히 기쁘다. 새 편을 올리면 반드시는 아니더라도 일간 순위권에 들어가는 경우가 많다.

그러나 이상한 소리를 하는 사람도 늘었다. 심지어 "이렇게 전개해 달라"고 요구하거나 "어떠어떠한 식으로 흘러가는 건 아니겠죠?"라며 반응을 유도하거나 신경을 긁는 사람도 생긴다. 무례한 사람들도 있고, 다른 작품과 비슷하다며 여론을 모으려 하는 사람도 있다. 어떻게 대응해야 할지 모르겠지만 적당히 넘긴다.

후반에 돌입한다. 마무리를 짓는 것이 생각처럼 쉽지 않다. 다 정해 둔 것인데도 생각처럼 되지 않는다. 피드백과 신규 독자 유입이 끊긴다. 완결 나면 보겠다는 사람들은 차라리 말을 안 했으면 좋겠다. 피드백은 없는데 불만 댓글만 속속 제기된다. 독자들끼리 싸움도 일어난다. 심지어 "이런 전개, 이런 엔딩이면 안 볼 것"이라고 협박하는 사람들까지 있다. "작가님 원하는 대로 하시라"

는 사람들도 있지만 이미 스트레스를 많이 받은 상태라 큰 위로가 안 된다. 마무리 자체도 힘들어 죽겠는데 그냥 접어 버릴까 싶다.

완결을 지었다. 약 일주일간 관심 등록 숫자가 순간적으로 증가한다. 마지막 편에 피드백을 주는 사람들은 이전부터 피드백을 주던 사람들밖에 없다. 그 와중에도 자기가 원하는 엔딩이 아니었다고 눈치 주는 사람들이 있다. 완결 특수 때문인지 조회 수는 확실히 늘었지만 피드백은 없는 수준이다. 일주일 후, 선호작 등록 수가 빠져나간다.

자유 연재 코너에서의 연재 시작-종료 과정을 간략하게 정리하면 이렇다. 그래도 성공적인 사례를 말한 것이다. 작가에게 스트레스를 집중적으로 주는 요소는 단 두 가지다. 독자, 피드백. 그리고 작가에게 힘을 주는 존재도 단 두 가지다. 독자, 피드백. 피드백도 독자에게서 나오는 것이니, 독자라고만 봐도 무방하다. 당신은 연재 내내 독자와 일종의 애증 관계를 쌓게 될 것이다.

당신을 존중하지 않는 사람들을 존중할 필요는 없다

먼저 말할 것은, 대부분의 독자는 작가를 중요하게 생각하지 않는다는 점이다. 물론 어떤 작가의 글을 좋아해서 작가를 소중하게 여기거나 존중하는 사람도 있다. 그러나 대부분의 사람들은 작가의 글을 좋아하는 것이지 작가를 좋아하는 것이 아니다. 작가의 글을 좋아하는 사람들 중에도 작품 자체를 중요하게 여기는 사람은 많지 않다. 시간 때우기 용, 또는 조금 재미있는 심심풀이로 보는 사람들이 더 많다.

이런 사실이 슬플 수도 있겠지만 모두가 나에게 목을 매는 게 더 이상한 일이니 안심하자. 그러나 단순히 좋아하거나 싫어하는 것을 넘어서서 '작가'라는 한 인간을 존중하지 않고, 자신의 입맛에 맞추는 것을 당연하게 여기며 눈치를 주는 독자들도 있다. 독자가 주는 애정과 인기를 언급하며 자신에게 굴종하기를 요구하는 사람들도 많다.

작가는 많은 사람들의 시선을 받으며 많은 사람들에게 회자된다. 조막만 한 인기를 얻는 순간부터 자신도 모르는 곳에서 언급된다. 인지도가 높든 낮든 중요하지 않다.

당신의 실수를 노리는 사람들, 말 한마디를 노려 몰아가려는 사람들은 많다. 프로 작가들만 당하는 일이 아니다. 말을 이상하게 옮기는 사람들, 과대 해석해서 비꼬는 사람들도 수없이 많다. 이 바닥의 헛소문이 어떤 식으로 만들어지는지 실시간으로 관람하게 될지도 모른다. 그런 것에 일일이 하나하나 반응할 필요는 없다. 감정적인 상황에 빠지기보다는 자신이 대응을 해야 할 일인지 아닌지부터 깊이 생각해 보자.

웹소설 작가가 인기의 대상이 되며 이런 경향은 크게 늘어났다. 현재 웹소설 뿐만이 아니라 여러 분야의 작가 전반이 경험하는 일인데, 어떤 사람들에게 작가는 자신과 크게 차이 나는 것 같지도 않고 대단한 일을 하는 것도 아닌데 돈도 벌고 주목도 받는, 시기와 질투를 불러일으키는 대상이다. 이 사람들은 대부분 '정의 구현'을 이유로 상대를 공격하지만 실제 그 논리는 굉장히 부풀려진 경우가 많다. 그들은 작가가 타인의 시선과 평가를 많이 받는다는 점, '예민하고 무례한 작가' 소리를 들을까 봐 대응하기를 주저한다는 점을 적극적으로 활용하고 '작품에 대한 평가'라는 말로 자신의 감정을 가리며 공격한다. 작가가 유명하고 인기 있을수록 타격감이 좋은 샌드백이 되고 정의 구현 열망은 커진다.

인터넷 악플러라고 봐도 무방하지만 양상은 조금 다르다. 그들은 누군가를 때리는 것 자체, 또는 그 사람이 화내거나 우는 등 '불안정한 상태에 처한' 반응을 소비하며 스트레스와 열등감을 해소하고 쾌감과 우월감을 느끼고 싶은 것뿐이다. 그러므로 감정적으로 대응하는 것은 금물이다. 자를 거면 확실하게 잘라 내고 멈춰서지 마라. 그들이 제일 원하는 것은 당신이 '망하는' 것이다. 왜 그들이 원하는 대로 해 주는가? 비극의 주인공 행세를 해야 할 필요도 없고, 분노로 펄펄 뛸 필요도 없다. 한 가지만 기억하자. 당신을 존중하지 않는 사람들을 존중할 필요는 없다.

🌸 말 몇 마디를 곱씹지 말아라

웹소설 연재 시스템에서는 작가와 독자의 사이가 지나치게 가깝다. 이 거리감이 장점이기도 하지만 무례한 악플러, 악성 공격자들이 만들어지는 부분은 단점이다. 그들을 굳이 상대할 필요 없다. 정 한마디 해야겠다면 일일이 상대하려 하지 말고 공지를 활용하여 자신이 세운 규칙에 따라 정리하자.

무례한 말들에 처음에는 충격을 받겠지만 생각해 보자. 그 말들이 내게 현실적으로 무슨 영향을 미치는가? 정서적 영향을 제외하고 말이다. 혹시 그런 타격을 받고 '사람들이 사실은 다 나를 싫어하면 어쩌지'라고 겁을 먹었다면, 그런 두려움을 느끼는 것은 지극히 자연스럽다. 충격을 받으면 멍이 드는 것처럼 자연스러운 현상이다. 그러나 그 멍을 계속 꼬집고 있으면 나을 리가 없다.

마음에 깊이 담아 두지 않길 바란다. 대응해야 하는 일은 대응해야겠지만 '대응해야겠다'는 결심이 서지 않는다면 실질적으로 대단한 일이 아니라는 뜻이다. 어떤 충격을 준 말이더라도 현실 속 당신의 입지에 어떤 영향도 미치지 못하는 무력한 말인 경우가 많다. 거기에 매달리지 말자. 이런 사람들을 상대하는 데 시간과 에너지를 소모해 작품을 못 쓰면 본인 손해이며, 또 자신을 진짜 좋아하고 존중해 주는 사람들에게 보답할 에너지를 잃게 된다.

작가가 독자를 모두 아끼고 사랑해야 할 필요는 없다. 경계해야 할 적 중에는 당신을 위한다는 사람들도 수도 없이 많다. 당신을 방어해 주겠다고 나서다가 자폭하는 사람, 당신과의 친밀함을 무기 삼는 사람, 당신을 위한다는 도취감에 취해 험한 말을 하거나 분풀이를 하는 예의 없는 사람들······.

특히 작가를 위한다는 명목으로 무례하게 구는 사람들에게 속지 말아야 한다. 작품에 대한 부정적 평가는 싫어도 알게 되며, 친밀한 사람들은 훨씬 당신을 존중하는 방법으로 그 사실을 알려 준다. 가혹하게 말하는 사람, 예의 없이 말하는 사람, 자기의 기준에 당신을 끼워 맞추려 하는 사람은 당신의 사람이 아니다.

처음 받는 다수의 호감에 어쩔 줄 몰라서 그들의 요구를 다 받아 주고 보답하고 싶어서 애쓸 필요 없다. 소수의 사람들을 제외하면 우리는 대부분 그냥 적당히 호감을 주고받으며 이동하는 존재일 뿐, 서로에게 절대적인 무언가가 아니다. 놀이터에서 만난 이름 모르는 꼬마들끼리 어울려 노는 모습을 떠올려 보자. 우리 역시 마찬가지다. 지금의 만남을 그냥 소중하게 여기고 예의를 지켜 행복하게 놀다가 헤어지면 된다. 이 선을 넘어서까지 이어지는 관계는 별도로 형성된다. 떠난다고 아쉬워할 필요도, 욕한다고 두고두고 곱씹을 필요도 없다. 그러고 싶다면 말리지는 않겠지만 자신의 마음만 검게 물들고 고통만 길어질 뿐이다.

내 사람, 내 타깃, 내 이해자. 가는 동안에는 이들만 안고 가자. 작업을 계속하는데 필요한 사람들은 이 사람들이다. 편협해도 괜찮다. 이렇게 해도 어차피 작가란 상처 받지 않고 안락한 세계에서 살 수 있는 존재가 아니다. 나를 존중하는 사람만 존중하고, 소중히 대해야 할 가치가 있는 사람만 소중히 대하면 족하다.

❋ '작가의 의무'는 없다

'작가의 의무'라며 거론되는 것들이 있다. 예를 들어 "연재를 했으면 완결을 지어야 한다" 같은 소리인데, 유료 작품이건 무료 작품이건 의무 사항은 아니다. 물론 시작을 했으면 끝을 맺는 것이 바람직하다. 그러나 전업 작가에게 한 달에 100만 원도 나오지 않는 작품을 계속 붙잡고 완결 지으라는 소리는 작가에게 굶어 죽으라는 말과 별반 다르지 않다.

무료 연재에도 마찬가지 요구가 주어진다. 무료 연재 작가에게 "완결 짓지 않는 것은 작가로서의 책임이 부족한 것", "아마추어 작가라도 작가로서의 책임이 있다", "연재를 시작한 순간 의무가 생기는 것이다" 따위의 말을 하는 사람들이 너무나 많다. 심지어 무료 연재 작가가 상업 계약을 맺어 유료로 전환할 때도 "무료 연재로 완결을 짓고 유료 전환해라. 작가로서 당연한 일"이라고 말하는 사람도 있다.

이처럼 정말로 많은 이들이 작가로서의 책임, 태도, 의무 등을 언급하면서 이래라야만 저래야만 그래야만 진정한 작가이며 작가로서 당연히 해야 하는 일이라고 할 텐데, 무시가 상책이다. 대부분의 말들이 결국 "내 마음대로 하지 않는 네가 나쁘다"에서 벗어나지 않는다. 역으로 "이렇게 안 하면 네게 큰일이 날 것이다(더 나아가 어떤 작가가 너처럼 굴어서 큰코다쳤다)"며 은근히 협박조로 말하는 사람들도 있는데, 독자들이 작가가 어떤 처지가 되어서 그런 결과를 맞았는지는 알 수 없다. 그저 자신의 해석을 사실인 양 말할 뿐이다.

작가에게 의무가 있다면 '계약 사항을 지킨다', '표절하지 않는다' 정도이다. 나머지는 각자의 인간상과 작가상에 따라 존재한다. 그 상은 작가 스스로 만드는 것이지 남이 만들어 주는 것이 아니다. 무엇이 옳고 그른지는 스스로 판단하고, 독자든 다른 작가이든 일반적으로 사람을 대할 때 지켜야 할 예의를 지켜 대하면 큰 문제가 될 일은 없다. 작품은 당신의 것이고 당신의 길은 당신이 선택해야 한다.

독자는 나의 힘

독자는 바보가 아니다

이런저런 이야기를 했지만 그럼에도 당신에게 힘을 주는 존재는 독자밖에 없다. 글을 쓰다 보면 좋은 사람을 많이 만난다. 단지 그런 사람들 속에 섞인 이상한 사람을 조심하라고 조언하는 것뿐이다. 독자는 글을 계속 써 나갈 원동력을 주고, 피드백을 통해 작품의 방향을 잡거나 내 작품의 상황을 파악하는 데 도움을 준다.

어쩌면 당신의 소설은 인기를 제대로 얻지 못하고 있을 수도 있다. 소소하게 연재를 할 정도는 되지만 기대한 만큼의 성과를 얻지는 못했을 수도 있다. 당신은 순위 상위권의 소설들을 보며 형편없다고 생각할지도 모르고 그런 걸 좋아하는 사람들을 보며 대중은 우매하다는 소리 따위를 입에 올리고 있을지도 모른다.

독자는 좋은 소설을 읽을 줄 몰라서 '그런 것'을 읽는 게 아니다. 독자의 장르소설에 대한 공력이 작가보다 낮을 수는 있다. 그러나 그들이 문화적으로 나보다 열등할 것이라고 생각한다면 오산이다. 소위 고급 예술에 대한 조예가 있는 독자라도 장르소설에서 원하는 것은 다르다. 대부분의 독자는 위안과 즐거움을 얻기 위해 장르소설, 웹소설을 읽는다.

인기작은 나의 눈에 보이는 단점보다 독자들에게 어필하는 강력한 장점을 가지고 있거나 내가 가지지 못한 미덕을 가진 작품들이다. 내가 생각지 못한 관점을 독자에게 제시하고 있을 수도 있다. 어떤 작품이 인기 상위권에 올라와 있다는 것은 장점을 높게 평가하는 사람이 많다는 뜻이다.

열등감을 가지는 것은 자유지만 다른 작품을 깎아내리는 건 스스로에게 도움이 되지 않는다. 서로 다른 관점을 가지고 있으며 그런 작품을 좋아하는 사람들도 있음을 인정하고, 더 나아가 그 작품의 장점을 찾아 자신의 작품에도 가지고 올 수 있는 시각을 길렀으면 한다.

내 두 번째 출간작은 개그물이었다. 출간 전 연재를 했는데, 나도 힘들고 세상도 힘드니 가볍게 보며 웃고 넘어갈 수 있는 것을 쓰자는 것이 기획 의도였다. 어느 날 글을 열심히 써서 올렸는데 독자들이 "하루의 활력소", "오늘의 에너지가 되는 글"이라는 감상을 남겨 줬다. 만감이 교차하는 피드백이었다. 독자들이 내 글에서 즐거움을 얻었다고 한 만큼, 나 역시 그 말들에 굉장히 많은 위안을 받았다. 누군가 경박하고 가볍다며 얕잡아 보는 글들이 누군가에게는 하루를 살아가는 데 필요한 활력을 준다.

이것이 어떤 느낌인지는 겪어 본 사람만이 알 수 있다. 대중 예술가란 이런 평범한 사람들의 하루와 즐거움을 책임지는 사람들이다. 기왕 웹소설을 쓰겠다면 대중 예술가만이 느낄 수 있는 이런 즐거움과 보람을 한 번 정도는 느꼈으면 좋겠다. 사람들을 즐겁게 만드는 것은 쉬운 일이 아니다. 그리고 사람들을 즐겁게 하는 것은 위대한 작품을 쓰는 것 보다 더 위대한 일일지도 모른다.

우리는 아마 각자의 선을 가지고 각자 최선을 다해 싸우고 있을 것이다. 당신이 우습게 보는 작가들도 그렇다. 누군가의 기준에는 한심하고 용납할 수 없고 심지어 천박할지라도 그 사람들이 '아무 생각 없이' 글을 쓰지는 않는다. 글쓰기 스킬이 낮아 잘 드러나지 않더라도 표현하고자 하는 주제와 생각, 감성 같은 것들을 누구나 하나씩은 가지고 있다. 그것은 단순히 타인이 즐겁기를 바라는 마음 같은 것일 수도 있다.

독자들은 작가가 전혀 모르는 자신만의 삶을 보내며 인생과 싸우고 있는 사람들이다. 그들은 웹소설에서 잠깐의 꿈을 찾고 위안을 얻고 싶어 한다. 그들이 찾은 위안이 당신의 마음에 들지 않을 수도 있겠지만 그것은 무의미한 것이 아니다. 그 점은 존중하도록 하자.

댓글, 어떻게 활용할까?

장르소설은 독자의 욕망을 포착하는 소설이라고 했다. 그렇다면 독자들의 욕구를 제일 쉽게 파악할 수 있는 곳은 어디일까? 바로 댓글창이다.

작품의 방향을 정하고 연재를 시작한 다음에는 아무리 좋은 아이디어가 나와도 수정하기 어렵다. 이미 기존 아이디어를 바탕으로 여러 후속 이야기가 연결되어 있기 때문이다. 하지만 댓글에서 나오는 의견 중 좋은 아이디어가 있다 싶으면 접수해 뒀다가 적용할 수 있다면 적당히 집어넣어도 좋다. 내 소설뿐 아니라 다른 사람들의 소설 댓글도 둘러보면 사람들이 전체적으로 원하는 것이 무엇인지, 다음 작품은 어떤 식으로 써야 할지 파악하는 데 도움이 된다.

앞에서 말한 공격적이고 무례한 댓글도 어떤 의미에서는 독자의 욕구를 직설적으로 드러내고 있는 멘트인 경우가 많다. 피드백은 독자의 욕구와 관점을 정확히 반영한다. 외부의 환기가 없다면 사람은 세상을 자신의 시각으로밖에 볼 수 없다. 댓글창은 사람들이 뭘 원하는지 직격으로 알 수 있는 곳이므로 적극적으로 활용하자.

글이 실패한 것 같다면

30화까지 연재했는데 관심 독자 등록 수가 300도 안 된다. 조회수는 편당 200도 안 되는 것 같다. 1, 2화만 500 정도 된다. 아무래도 접어야 할 사인이 뚜렷하게 뜬 상황이다. 그러나 그 이전에 왜 실패했는지 검토해 보도록 하자.

당연하지만 작품이 잘 안 될 수도 있다. 사실 잘 안 될 확률이 더 높다. 일간 순위권 10위 이하의 수많은 작품들을 생각해 보면 순위권 밖에 위치할 확률이 당연히 높다. 어쩌면 이렇게 말할 수도 있다. 판타지는 초장편이 허다한데 어떻게 30화 가지고 되느냐 마느냐를 판별할 수 있냐고. 나는 슬로우 스타터라 좀 더 가 봐야 안다고.

계산기 꺼내자. 당신이 편당 4000자, 즉 최소 글자 수를 맞췄다고 치고 30화면 12만 자이다. 약간 작은 볼륨의 전자책 한 권이다. 책 한 권을 써 놓고 슬로우 스타트를 외치면 대체 언제 스타트를 할 것인가? 앞에서도 말했지만 초반이 재미없으면 후반이 아무리 좋아도 주목받기 힘든 것이 이 바닥이다. 슬로우 스타터 같은 것은 환상 속의 존재다.

운이 나빴다, 노출이 안 되어서 독자를 못 모았다 같은 여러 핑계를 생각해 낼 수도 있다. 그러나 아니다. 어떻게 된 영문인지는 몰라도 재미있다 싶으면 사람들은 알아서 모인다. 수십만 개의 작품들이 올라왔다 사라지는데도 갓 시작한 작품들을 사람들이 알아서 챙겨 보고 모여든단 말이다. 솔직히 말하자면 4000자 기준 10화 안에서 흥망은 점칠 수 있다고 봐도 무방하다. 될 작품은 초반부터 입질이 오기 때문이다. 그렇다면 왜 망했는지 간단한 분석을 해 보자.

- 2~5화 평균 조회 수가 다른 편 조회 수의 세 배를 넘지 않는다: 비주류 소재, 비주류 성향의 작품이다.
- 2~5화 평균 조회 수가 다른 편 조회 수의 세 배를 넘는다: 소개글을 잘 써서 1~2화 정도는 보았다. 그러나 흥미를 끄는 데 실패했다.
- 2~5화 평균 조회 수가 다른 편 조회 수의 다섯 배를 넘는다: 소개글도 좋고 시작도 좋았다. 사람들이 관심을 가지고 볼 만한 소재였다. 그러나 전개가 시원찮거나 풀이 능력이 좋지 않아 재미가 없었다.

실패한 글을 분석할 때의 기준이다. 1~2화 조회 수는 허수라고 봐야 한다. 극초반 조회 수는 '소개나 제목이 흥미를 끌었는가', '얼마나 진입 장벽이 높은가', '얼마나 취향이 갈리는가' 같은 것을 파악할 때나 쓸모가 있다. 초반에는 괜찮다가 중반부터 하락할 수도 있다. 이미 100편 넘게 썼는데 갑자기 조회 수나 관심 등록이 빠지는 경우가 그렇다. 이때는 각 편당 조회 수를 살펴봐라. 대부분의 작품 조회 수는 최근 화로 올수록 적다. 사람들이 한 편 한 편 올라올 때마다 챙겨 보지 않고 몰아서 보기 때문이다. 즉 조회 수는 최근 편수로 올수록 완만한 선을 그리면서 계속 줄어든다.

5~10화 단위로 범위를 정하고 몇 퍼센트씩 줄어드는 것이 평균값인지를 알아보도록 하자. 어느 순간 평균값 이상으로 확 빠지는 부분이 있을 것이다. 그 시점에 무슨 사건이 일어났는지, 어떤 피드백이 왔는지 살펴보자. 그 편만이 문제는 아닐 수도 있다. 여태까지 쌓였던 스트레스가 그 편에서 보인 암시를 기점으로 증폭되어 읽기를 그만두게 된 것일 수도 있다. 어쨌든 그 이유를 파악하는 것이 중요하다.

대부분의 사이트는 관심도의 증가, 감소와 조회 수에 대한 통계를 제공하고 있고, 그것을 근거로 독자 반응을 판단하는 사람들이 많다. 그러나 이것은 전체에 대한 대략적인 판단이다. 오늘 올린 101화가 재미있다고 새롭게 관심 작품 리스트에 등록하는 사람은 없기 때문에 이번 화가 유독 사람들을 끌어들였다는 식의 판단은 내리기 힘들다. 그러나 오늘 올린 101화의 반응이 나빠 관심 작품 등록 삭제가 빗발친다면 알아보기 쉬울 것이다. 그만둘 때는 두더라도 무엇 때문에 실패했는지는 알고 관두도록 하자. 성공보다는 실패에서 더 많은 것을 배울 수 있다.

사실 당신은 자신의 글이 왜 실패했는지를 이미 알고 있을 것이다. 일단 독자의 피드백이 있고, 스스로 찔리는 부분도 있을 것이다. 자신의 고집이 어떻게 나쁘게 작용했는지도 어렴풋이 느끼고 있을 것이다.

그래도 어쩌겠는가. 쓰고 싶은 것을 써야겠고, 지금 와서 그런 부분을 고치려니 이야기가 꼬여 방법을 찾기도 어렵다면 어떤 문제가 있었는지만 기억해 두자. 결국 전작은 차기작의 비료가 된다. 자신이 그 작품을 얼마나 아끼는지와는 별개로 말이다.

✺ 완결은 중요하다

작가로서 성장하고 싶은가? 완결을 지어라.

내 작품을 팔고 싶은가? 완결을 지어라.

작품이 실패했다. 여러 가지로 판단해 본 결과 회생 가능성이 없을 것 같다. 빠른 데뷔가 목적이라면 거기서 그만두길 바란다.

그러나 당신은 고민할 수도 있다. 기준만 못 채웠을 뿐이지 당신은 나름 만족하고 있을 수도 있다. 어쩌면 작품에 애착이 있을 수도 있다. 버리기에는 너무 많이 썼을 수도 있다.

손절매는 중요하다. 그러나 애착이 있는가? 플롯이 끝까지 나와 있는가? 아무리 독자가 안 붙어도 끝까지 쓸 수 있을 것 같은가? 고정적으로 내 글을 봐 주는 소수의 몇 명만 믿고 달릴 수 있는가? 어쨌든 이걸로 승부를 내고 싶은가?

그렇다면 완결을 짓자. 사실 가능하면 시작한 글은 완결을 내라고 권하고 싶다. 그렇지만 목적이 '당장의 데뷔'에 있다면 빨리 털어 버리라고 하는 것뿐이다. 버리기도 여러 번 쓸 수는 없는 기술이다. 계속 연재를 중단하는 작가는 독자들이 기억하고 나중에는 회피하기 때문이다. 때문에 작품이 인기가 없어도 본인의 구상이 뚜렷하거나 애착이 있다면 반드시 완결을 내는 것을 추천한다.

완결이 중요한 이유로는 먼저 완결을 지어 본 작가와 아닌 작가의 역량 차이가 크다는 점을 들고 싶다. 많은 작법서들은 스토리를 재미있게 시작하는 것이 어렵다고 말하는데 내 의견은 다르다. 재미있게 시작하는 것은 어느 정도 기량만 쌓이면 어렵지 않다. 문제는 잘 마무리 짓는 것, 흥미를 끌겠답시고 미친 듯이 벌려 놓은 판을 수습하여 닫고 끝난 세계를 만드는 것이다.

한 세계를 열었다 닫아 본 사람과 그렇지 않은 사람은 당연히 역량 차이가 날 수밖에 없다. 이것이 어떤 감각이고 어떤 경험인지는 해 봐야만 알 수 있다. 나는 뿌려 놓은 떡밥들을 다 정리하고 빈 곳이 있는지 체크하며 꿰어 맞추는 작업을 끝냈을 때, 확실히 산을 하나 넘었다는 느낌을 받았다. 그리고 이 감각은 이후 작품을 쓸 때 많은 영향을 주었다.

완결이 중요한 이유 두 번째로는 작품이 상품이라는 점에 있다. 완결되지 않은 작품도 분명히 상품이기는 하지만 출판사나 독자들은 이것을 '완전한 상품'으로 여기지 않는다. 로맨스소설 쪽은 특히 완결작을 구매하는 경향이 강한데, 구매 위주로 발달해 왔던 시장인 만큼 완전한 상품을 가지고 싶어 하기 때문이다. 돈을 써서 작품을 사 보는 독자층은 완결작을 선호하는 것이다.

지금 당장 쓰는 작품이 인기가 없더라도, 나중에 인기작이 생겨 출간 계약 등을 하게 될 때 완결 지어 놓은 작품이 있다면 같이 계약을 하게 되는 경우가 많다. 어쨌든 작가에게 완결작은 하나의 재산이다. 당장은 빛을 못 보더라도 당신이 인기를 얻었을 때에는 '그 작가의 이전작'을 구매하는 사람이 생각보다 많다는 걸 알게 될 것이다.

인간으로서의 내가 있어야 작가로서의 나도 있다

글을 계속 쓰다 보면 '아, 힘들다' 또는 '더는 안 되겠다' 싶은 때가 올 것이다. 그 순간은 지금 말하듯 명료한 인식과 함께 찾아오지 않는다. 마음이 어딘가 몰린 것 같고 막막하며, 또는 무기력하고 생각이 없어진다. 자신이 쓰레기처럼 느껴지거나 모든 것이 싫어지는 감각에 더 가깝다.

무조건 쉬어야 한다. 번 아웃(burn out) 증후군이라는 말을 들어본 적 있을 것이다. 소진, 연소, 탈진 증후군으로도 번역하던데 어떤 단어를 붙이든 상관없다. 작가는 소모되기 쉬운 직업이라고 여러 번 말했다. 지금까지 그런 경험을 해 본 적 없다면 최초로 그런 때가 오는 것은 아마 작품 연재 중반~후반일 것이다. 스토리가 점점 막히기 시작하고, 독자의 기대감이나 압박감으로 자신을 중심에 두기도 힘들어진다. 특히 후반에 들어가면 어떻게 정리해야 할지도 모르겠거니와 어떻게 해야 독자가 만족할지도 알 수 없어진다. 경험 많은 작가도 승-전이나 전-결 즈음을 쓸 때에는 쉽게 부담감을 가지고 지친다. 초보 작가가 아무 생각 없이 통과할 수 있는 코스는 아니다. 꼭 이 이유가 아니더라도 사람이 피로를 느낄 만한 이유는 여러 가지가 있다.

그럴 때는 접어야 한다. 일단 무조건 쉬어야 한다. 무책임하다, 작가가 어떻게 저러느냐는 비난 등에서도 등을 돌려야 한다. 작가는 인간이며, 글에 대한 책임감 이전에 자기 자신에 대한 책임감을 가져야 한다. '인간으로서의 내'가 있어야 '작가로서의 내'가 있다.

작가에게는 4대 보험도, 퇴직금도, 복지도 없다. 무조건 자신을 아껴야 한다.

프로가 되면 이보다 더 혹독할 것이라며, 그때를 위해 훈련하겠다는 등 헛수고하며 버틸 필요가 없다. 쉬면서 자신의 상태를 어떻게 조율할지부터 고민해야 한다. 무조건 글을 손에서 놓고 아무 생각도 하지 말자. 최소한 1주일은 글의 ㄱ도 생각하지 말아야 한다.

쓰다가 힘들고 지쳐서 내려놓은 글이 아닌 새로운 글은 잘 써질 수도 있다. 스스로 꾀병을 부린다고 생각하지는 말자. 글이 막히는 것 자체가 스트레스의 증거이며, 동시에 글이 막히는 데서 오는 스트레스와 압력이 악순환을 반복시킨다. 반대로 신작은, 또는 당장의 독자를 상정하지 않은 글은 고민과 압력이 거의 없다. 그래서 그때 즈음 늘 신작으로 도망치는 작가들도 있다. 하지만 나는 신작 작업도 뒤로 하고, 마음의 짐을 덜고 머리를 식히면서 산책도 하고, 천천히 책이나 자료집을 뒤적이며 막힌 이야기를 어떻게 풀지를 고민하는 쪽을 권한다.

'글 같은 건 생각도 하기 싫어'에서 '이제는 좀 써도 될 것 같아'라는 생각으로 바뀌는 데는 생각보다 오랜 시간이 걸리지 않는다. 평균 1~2주면 된다. 그러나 막상 다시 쓰기 시작하면 새로 차오른 의지도 편의점에서 충전한 핸드폰 배터리처럼 쭈욱 떨어지는 걸 느낄 수 있을 것이다.

회복에는 생각보다 시간이 오래 걸린다. 쉬고, 먹고, 사람 만나고, 구경도 하고, 영화도 보고, 전시회도 다니면서 글과 떨어져 충전을 하자. 사실 사람은 책 한 권을 썼으면 1년은 쉬어야 정상 페이스로 돌아온다. 다만 대부분의 웹소설 작가는 그럴 시간이 없다. 그래서 쉽게 자기복제를 하거나 함량이 모자란 글을 쓰게 되기도 한다.

충전하는 데는 여러 방법이 있지만 가능하면 운동이나 산책을 추천한다. 신체가 활성화되어야 생각도 나아간다. 글이 점점 어색하게 느껴지거나 앞으로 어떻게 써야 할까 고민이 될 때는 다시 한 번 자신의 글을 쭉 읽고 발상하고 연결하는 것도 좋다. 당신은 조금 다른 관점으로 생각할 수 있게 될 것이다.

정말 상태가 심하다면 이때는 충전도 어렵다. 휴양과 회복만이 중요하다. 필요하다면 병원에도 가 봐야 한다. 글쓰기는 지금 생각할 문제가 아니다. 당신은 삶의 통제력부터 회복해야 할 상황일 가능성이 높다. 내가 저런 상황에 빠져 있을 때는 인터넷에서 본 산후 우울증에 대한 글이 도움이 되었다. 그 글에서 우울증과 무기력은 자기 통제력을 쉽게 잃어버리게 하는데, 그것을 회복하기 위해 계란 삶기 같은 아주 간단하고 작은 일부터 시작해서 자신이 무언가 할 수 있다는 것, 자신이 무언가 통제할 수 있다는 감각을 천천히 학습하는 것이 필요하다고 했다.

조언대로 작은 것부터 시작했다. 글을 쓰진 않았다. 생활부터 시작했다. 하나하나 일을 처리하면서 스스로에게 잘했다고 말하기 시작했고, 글도 하루에 500자, 1000자씩 조금씩 쓰면서 자신을 칭찬했다. 쓰기 싫은 날은 그냥 안 썼다. 그러면서 자신에 대한 통제력과 자신감을 조금씩 회복해 갔다. 글을 직업으로 삼는다는 것, 즉 꾸준히 쓴다는 것은 결국 자신을 길들이는 일이다. 이런 방법도 자신을 길들이고 교육하는 방법 중 하나다.

하나하나 진행하면서 아주 작은 것부터 통제력을 회복하고, 설정했던 작고 낮은 칸들을 하나하나 올라가며 달성감을 얻고 성공과 승리의 경험을 쌓자. 승리의 경험은 정말로 작가에게 적고 귀중한 것이므로, 그런 때가 올 때는 한껏 즐기길 바란다. 그런 것을 하나하나 챙겨 두면 어느 날 '괜찮다'고 말할 수 있게 될 것이다.

"내가 너 이 바닥에 발도 못 붙이게 할 수 있어"

이 소제목은 수많은 업계에서, 업계의 선진입자가 후진입자에게 하는 헛소리 1위로 꼽는 데 손색이 없을 것이다. 글은 혼자 쓰는 것이다. 웹소설 업계에 선후배 같은 것은 없다.

그래도 걱정할 수 있다. '저 사람이 나를 잘되게 해 줄 순 없어도 나를 망칠 수는 있진 않을까'라고 말이다. 불가능하다. 한 달에 억 단위 매출 올리는 작가라도 그건 안 된다.

도대체 일개 한 사람이 어떤 방법으로 다른 한 사람을 '발붙이지 못하게' 할 수 있을까? 출판사마다 연락을 해서 작가 아무개와 계약하지 말라고 소문을 낼까? 인맥을 이용해 그 방법이 몇 군데에 먹혀 계약을 기피한다 치더라도 세상에 출판사가 그곳 하나밖에 없나? 한국 출판사 전역에 마수를 뻗치고 있는 악의 대마왕 같은 사람은 없다. 연재 플랫폼도 마찬가지다. 인기 있는 작가, 또는 인기작 많은 출판사가 "저 작가 너희 플랫폼에 넣지 마"라고 한다고 그 말을 들어 줄 플랫폼이 있을까?

작가이든 출판사나 플랫폼 직원이든, 아무리 능력 있고 잘나가는 인물이라 해도 전체 시장 안에서는 미약한 개인일 뿐이다. 시장은 그들이 계속 교체되는 존재임을 잘 알며, 계속 새로운 작품을 수급하는 것이 중요하다는 것도 잘 안다. 플랫폼 최고의 인기 작가가 작품을 빼겠다고 협박하면 방법이 없지 않겠냐고? 인기 플랫폼에서 작품을 빼면 아쉬운 것은 플랫폼이 아니라 작가다. 인기 작가가 연재 사이트 옮긴다고 해서 그 작가의 독자들이 우르르 따라가지 않는다. 플랫폼들이 많이 생기면서 '독자 빼 가기'도 여러 번 시도되었지만 큰 효용이 없었다. 독자들은 이동을 귀찮아한다.

초보자의 무지를 이용한 허무맹랑한 말에 겁먹지 않아도 된다. 이 업계에 누군가의 실패나 성공 여부를 좌우할 정도의 권력자는 없다. 성공도 실패도 온전히 자신의 몫이다. 마찬가지로 타인이 조력을 할 수 있는 부분 역시 아는 편집자에게 "아무개 작품이 괜찮더라", "찾는 원고를 잘 쓸 만한 사람을 알고 있다"고 추천하는 정도다. "나만 믿으면 걱정할 필요 없다", "내가 다 연결해 준다"라고 거들먹거리는 사람들에게 혹하거나 눈치 보지 말자.

출간을 앞두고

출간 제안을
받았다면

출간을 해도 될까?

연재를 잘 마쳤다면, 또는 연재 중이라도 종이책이나 전자책 출간 제안을 받을 수 있다. 출간 제안을 받고 나서 의외로 많은 작가들이 출간을 해도 될지를 걱정한다. 경험이 부족한 상태에서는 할 수 있는 고민이다. 일단 나는 출간 기회가 왔을 때 출간을 적극적으로 검토하는 걸 추천한다. 만일 취미로 쓴 글이라 하더라도 그것으로 돈을 벌어 나쁠 일은 없지 않은가?

프로를 지향하고 있다면 더욱 적극적으로 검토해야 한다. 한 번 출간을 하면 차기작 출간이 쉬워진다. 데뷔한 출판사에서 하건 다른 출판사에서 하건 말이다. 새로운 기획이나 새로운 제안이 당신에게 들어올 가능성도 늘어난다.

세상에 작가는 많다. 그러나 검증된 작가는 적다. 검증된 작가란 작품의 품질, 완결 여부, 성실성 등에서 모두 신뢰도가 높은 작가를 말한다. 한 작품을 완결 지은 작가는 이런 평가에서 가산점을 받게 된다. 출판사는 당연히 출간을 경험해 본, '검증된 작가'를 편안해한다.

프로는 '투자를 받음으로서' 프로가 된다. 표지, 교정, 유통 등록 등 모든 과정에 비용이 들어가는데 이것이 출판사가 작가에게 하는 투자다. "회사에서 매달 나가는 고정 비용을 투자라 할 수 있느냐"는 사람들도 종종 있는데, 바로 그 고정 비용을 당신에게 투자하기로 한 것이다.

계약한 작품이 흥할지 망할지는 이제 작가가 걱정할 바가 아니다. 당신은 보여 줄 것을 다 보여 줬고 출판사는 그것에 가능성이 있다고 생각해 투자를 결정했다. 출간하기에는 본인의 실력이 부족할까 봐 걱정할 필요도 없다. 출판사는 충분하거나 또는 보완할 수 있다고 생각하고 작가를 선택한다. 걱정되는 부분이 있다면 출판사와 상의하면 된다.

완결만큼이나 출간 또한 하나의 산을 넘는 경험이다. 레벨 업 할 기회이고 이 경험이 새로운 문을 열어 줄 것이다. 그러니 기회가 왔으면 잡되 계약할 때 어떤 점을 살펴야 하는지를 보자.

보통 출간 제안을 할 때는 출판사와 브랜드 이름을 밝힌다. 먼저 밝히지 않는다면 물어보면 되겠지만, 밝히지 않는 데서 이미 아웃이라 봐도 된다. 기본이 되지 않은 곳과는 손을 잡아 봤자 고생만한다. 출판사 이름을 검색해 어떤 책을 냈는지 알아보자. 책 표지, 출간 작품 수, 거래처들만 봐도 정상적인 출판사인지 아닌지 감이 잡힐 것이다. 아니다 싶으면 예의를 지켜 거절하자.

어쩌면 제안해 온 곳이 신규 회사, 신규 브랜드일 수 있다. 신규 회사는 추천하기 어렵다. 자금력이 있는지 아닌지 파악하기가 힘들기 때문이다. 신규 브랜드의 경우는 그 브랜드의 모회사가 어떤 곳인지를 알아볼 필요가 있다.

정보를 알아볼 때 환경이 허락한다면 작가들의 입소문을 이용할 수 있다. 그러나 기존 작가들의 평가도 절대적으로 믿어서는 안된다. 신인 작가들에게는 무례하게 굴거나 거짓말을 하면서도 인기 작가의 비위는 잘 맞춰서 평가가 나뉘는 회사도 있으니 말이다.

혹시나 해서 말하지만 인기 작가가 되어도 이런 회사는 피해야 한다. 돈은 중요하지만 돈이 전부라는 것을 숨기지조차 않는 회사는 믿고 일하기 힘들다. 당신의 인기가 조금 빠지는 순간, 또는 더나은 사람이 나타나는 순간 이 회사는 당신을 보호하지 않을 것이기 때문이다. 누군가 특정 출판사를 피하라고 한다면 그 이유도 잘 들어 두자. 출판사 자체는 괜찮은 곳인데 작가와의 사소한 다툼이나 오해 때문에 관계가 나빠진 경우도 제법 흔하기 때문이다.

세상에 작가와 갈등이 없었던 출판사는 없다. 갈등이 있었나 없었나에 중점을 두기보다는 갈등이 왜 생겼는지, 어떻게 해결되었는지, 각자의 입장은 어땠는지를 파악하는 게 좋다. 언제 발생한 사건인지도 중요하다. 너무 오래된 일은 의미가 없다고 봐도 무방하다. 출처가 불확실한 소문도 무시하자. 이 업계에는 헛소문이 많다. 하지만 많은 사람들이 입을 모아 "그곳은 아니다"라고 하는 회사가 있다면 피하도록 하자.

공개 자료도 이용할 수 있다. 신문 기사, 홈페이지, 모기업의 공개된 정보 등 말이다. 물론 신문 기사도 무작정 믿어서는 안 된다. 대부분 회사가 쓴 보도자료를 그대로 기사화한 경우가 많고, 전제 자체가 틀렸거나 신뢰할 수 없는 자료를 이용한 기사도 많이 있다. 언론 플레이 티가 많이 나는 곳도 있을 것이다. 그래도 어느 정도의 여력이 있는 회사인지, 어떤 비전을 가지고 있는지 정도는 파악할 수 있다. 회사의 규모도 어느 정도 추산할 수 있다. 회사의 규모는 중요하다. 유지 자금력 없는 회사에게 작품을 맡길 이유는 없다.

출간을 결정했다면

저작권에 대해 이해하자

출간 제안에 수락했다면 계약서를 꼼꼼히 살펴볼 차례다. 저작권과 계약서에 관해 아는 한도 내에서 이야기해 보겠다. 내가 법률 전문가는 아니므로 일반적으로 이런 식으로 이루어진다는 점만 이해하고 참고했으면 한다.

먼저 저작권에 대해 간단하게 설명하겠다. 저작권은 저작인격권과 저작재산권, 저작인접권으로 크게 분류할 수 있다.

- 저작인격권은 공표권, 성명표시권, 동일성유지권으로 나뉜다.
공표권은 자신이 원하는 곳에서, 원하는 일시에 발표할 수 있는 권리를 말한다. 즉 공개 여부에 대한 권리다. 무단복제는 기본적으로 이 권리를 침해한다. 성명표시권은 저작자가 저작자의 이름을 표시할 수 있는 권리다. 본명이 아닌, 자신이 원하는 이름으로 기재할 수 있는 권리도 여기에 들어간다.

동일성유지권은 저작자가 자신의 저작물을 동일한 상태로 유지할 수 있는 권리, 즉 남이 함부로 수정하거나 삭제하게 할 수 없는 권리다. 계약서에 보면 수정에 대해 작가의 허가를 받는다는 내용이 있을 텐데, 이러한 조항 때문에 그렇다.

- 저작재산권은 복제권, 공연권, 전송권, 공중송신권, 전시권, 배포권, 대여권, 2차적 저작물 작성권으로 분류된다.

일단 책과 관련 있는 부분만 넣겠다. 복제권은 곧 출판권이라고 할 수 있다. 이것은 복제에 대한 권리이기 때문이다.

전송권과 공중송신은 유사한 개념이다. 전송권이 전자책에 관계되는 권리라고 했는데, 이 전송권이 저작권에 포함된 것이 2000년이다. 즉 그 전에는 전자책이란 개념을 보호할 수 있는 법적 근거가 없었다. 전송권도 인터넷 시대에는 미비한 측면이 있다. 그것을 강화하여 2006년에 추가한 것이 공중송신권이다. 인터넷 통신망을 통한 창작물 송신 권리를 포함한다고 보면 되겠다.

배포권은 말 그대로 배포할 권리, 즉 유상, 무상을 포함하여 유통하고 대여하는 권리다. 배포할 영역을 지정할 수도 있다. 국가 라이선스도 배포권의 영향을 받는다. 2차 저작물 작성권은 흔히 알고 있듯 소설을 원작으로 삼아 웹툰, 드라마, 애니메이션, 게임 등을 만들 수 있는 권리다.

흔히 저작권이라고 하는 것은 바로 이 저작재산권을 말한다. 출판권을 설정하는 것을 '저작권'을 '넘긴다'고 하는데 잘못된 표현이다. 저작권의 일부인 '출판권'을 '설정'하는 것이다. 이 부분을 혼동해서는 안 된다. 저작권을 넘기면 저자는 더 이상 책을 내서 돈을 버는 것이 불가능해진다. 그리고 중요한 것인데, 저작권을 실제로 넘기는 계약을 하더라도 저작인격권은 침해할 수 없다. 또 일반적인 저작권 이전 계약을 할 때 2차 저작물 작성권은 특약이 있지 않은 한 원 저작자에게 귀속되는 것으로 본다.

- 저작인접권은 저작권은 아니나 저작권과 비슷하게 취급되는 권리이다.

소설에 관련되는 권리는 편집권이 있다. 예를 들어 작가는 편집자가 오탈자 수정을 하거나 편집을 한 원고를 다른 출판사에서 출간할 수 없다. 그것은 편집권의 침해고, 보통은 계약서에 이 부분이 명시되어 있을 것이다. 다른 출판사에서 출간하고 싶으면 편집 작업에 들어가기 전의 초고를 다시 손봐서 내야 한다.

🌸 전자책만? 종이책만? 또는 둘 다?

종이책 계약은 '출판권(판권)'을 설정된 기한 동안 위임하는 계약이다. 전자책 계약은 '전송권'을 설정된 기한 동안 위임하는 계약이다. 전송권 역시 출판권이라고 표현되기도 한다. 그러나 상세한 내역은 다르게 표기될 것이다. 전자책 계약이라고 알고 있는데 출판권이라고 적혀 있으면 종이책 출판까지 포함인지 아닌지 살펴보길 바란다.

전송권 계약을 할 때 전자책과 연재 계약을 따로 생각하고 있다가 나중에 출판사에서 연재물로 게시할 경우 '왜 연재로 올리지?'라고 의아해하는 경우를 종종 보았는데 전송권 계약을 했을 경우, 연재로 배포하는 것에 아무런 문제가 없다. 연재는 분할된 전자책에 불과하기 때문이다. 또한 특정 마켓의 경우에는 연재 형태로만 입점이 가능하기 때문에 만약 연재의 형태로 출간하는 것이 싫다면 별도 항목을 만들거나 특약을 하는 것이 좋다.

그러나 연재를 병행할 생각이 있다면 출판사에 맡기는 편을 추천한다. 완결 원고를 연재 분량에 맞춰 쪼개고 업로드하는 것도 무척 수고로운 일이다. 원하는 연재처에서 별도로 유료 등록을 하고 싶다면 그 부분은 합의하면 될 일이다.

계약 내용이 내가 가진 어떤 권리를 넘기는 일인지는 정확히 파악해야 한다. 혹시 수익 지급 방식이 인세가 아니라 매절 계약은 아닌지 등, 범위를 반드시 살피기 바란다. 인세는 판매 금액 중 일정 퍼센티지를 작가 수익으로 배분받는 방식이지만 매절은 정해진 금액을 받고 나면 더 이상 수익금이 발생하지 않는 방식이다. 처음엔 복잡하게 느껴지겠지만 해 봐야 경험이 쌓인다.

대여를 허용할 것인가?

대부분의 계약서에서 프로모션과 홍보는 출판사의 권한이다. 전자책의 경우 10년 대여, 50년 대여 식으로 도서정가제를 회피하여 10% 이상의 할인을 할 수 있다. 혹시 이런 방식의 할인을 절대 하고 싶지 않다면 미리 말하는 것이 좋다.

대여를 원하지 않는 작가들이 있다는 것을 출판사들도 알기에 의향을 묻는 경우가 많지만 별 생각 없이 진행하는 곳들도 간혹 있으니 사전에 조율하길 바란다.

독점 계약인가? 계약 기간은 얼마인가?

보통은 독점 계약이다. 로맨스소설의 경우 전자책 독점 기간이 3개월만 되어도 길다는 인식이 있었지만, 요즘은 계약 기간을 곧 독점 기간으로 보는 것이 당연해졌다. 유통업체에 따라 한 작품을 여러 발행처에서 출간해도 동시 판매해 주지 않는 경우가 생겼고, 종이책을 내는 출판사가 전자책 판권도 가져가는 것이 일반화되며 더욱 그렇게 되었다.

판타지나 로맨스판타지 소설은 독점과 비독점 계약을 오가는 시기가 있었지만 요즘은 기본적으로 독점 계약이다. 계약서에 '배타적 출판권'이라는 말이 쓰여 있다면 독점 계약이라 생각하면 된다. 독점 기간과 비독점 기간이 나뉘어 표기된 경우도 있을 텐데 이런 부분도 잘 파악하길 바란다. 장르소설 계약 기간은 현재 전자책과 종이책 가리지 않고 3년 정도고 자동 갱신은 1~2년 간격으로 이루어진다.

전자책과 종이책의 수익 비율은 얼마인가?

사실 종이책의 수익은 크지 않다. 수익을 기대하기보다는 목돈(그렇다 해도 보통 100만 원 선이다)이 들어온다는 것, 종이책 출간이라는 로망을 실현한다는 데에 의의를 두는 편이 좋다.

실제로 웹소설 작가의 수익이 되는 것은 다들 알겠지만 전자책이다. 전자책 수익의 분배 비율에 대해 말이 많을 것이다. '몇 대 몇 이하면 나쁜 출판사다'라는 식으로 말하는 경우도 꽤 봤는데, 이 부분은 장르나 책의 형태에 따라 달라진다. 예를 들어 3(작가):7(출판사)의 비율은 현재 웹소설 시장에서 보자면 매우 불합리한 비율이지만 제작 사항이나 장르 특성에 따라 달라질 수 있어 일괄적으로 출판사가 작가를 속인다고는 할 수 없다. 전자책과 종이책 계약을 같이 하느냐, 따로 하느냐에 따라서도 달라진다.

정보를 수집해 기준을 세우고, '몇 대 몇 이하로는 계약하지 않겠다' 정도의 입장만 세워 놓으면 된다. 지금 인터넷에 떠도는 이야기는 PC통신 시절 이야기나 일반 도서 같은 전혀 상관없는 장르의 예시까지 뒤섞여 참고로 삼기에는 부적합하다. 인기 작가들이 흘리는 이야기 중에는 '그 사람이니까' 받을 수 있는 조건이 섞여 있는 경우도 많다.

그리고 수익 배분 비율을 확인할 때, 종이책은 '정가' 즉 소비자 판매가의 일정 퍼센트를 설정하기 때문에 큰 문제가 되지 않지만 전자책의 경우는 면밀하게 살펴봐야 한다. 예를 들어 6(작가):4(출판사)의 비율로 이익을 나누기로 했다고 하자. 상품 정가를 1000원이라고 치고 정가를 기준으로 계산하면 내게 들어오는 수익은 600원이다.

그러나 실제 전자책은 정가 분배가 매우 드물다. 전자책은 RS*로 분배되며 유통사가 판매가의 30%를 가져간다. 이는 유통사에 따라 조금씩 다르고 B2B**나 B2BC***의 경우 마진이 50% 이상

---

* Revenue Share, 수익 셰어, 수익 분배.
** Business to Business, 기업 간 거래. 전자도서 시장에선 대부분 도서관 등의 기관 거래를 말함. 통상적으로 생각하는 기업-고객 관계는 B2C(Business to Customer).
*** Business to Business-Customer, 기업 간 거래 후 고객 판매. 최초 발신자-중간 유통사-고객의 시스템을 말한다. 중간 수수료가 가중된다.

올라가기도 하지만 일반적으로 그렇다. 때문에 실제 작가가 받는 것은 1000원에서 30%를 뺀 700원의 60%, 420원이다. 이러한 금액에 대한 정의 용어는 각 회사마다 다르다. 그러므로 용어에 대한 확인을 하고 될 수 있으면 계약서의 용어 정의 부분을 명확히 하는 것을 권한다.

이 부분을 따지는 이유는, 아직도 어떤 회사들이 '회사의 수익', '매출' 등으로 얼버무리거나 '수수료' 따위의 모호한 문구를 끼워 넣어 수익을 갈취한다는 이야기가 있기 때문이다. 420원이 내 몫이라고 할 때, 수수료 등의 명분으로 계산된 알 수 없는 금액들이 퍼센티지를 차지하며 내 수익이 300원, 200원으로 줄어드는 것이다. 처음부터 확실히 알고 계약했으면 모를까, 모르고 시작했으면 문제다. 나는 이것이 일종의 사기라고 생각한다. 용어의 뜻을 모르겠거나 어떻게 계산해야 할지 모르겠으면 단순하게 "그래서 책이 1000원이라고 치면 출판사, 유통사, 내게 각각 얼마씩 분배되는 것이냐"라고 직설적으로 물어 보는 것이 좋다.

2차 저작물에 대한 조항

제일 주의 깊게 접근해야 하는 부분이다. 대부분의 계약서에 2차 저작물에 대한 조항이 있을 것이다. 첫 번째로 2차 저작물 계약 권

리를 독점하는지(즉 다른 곳과 2차 저작물 계약 자체를 못하게 하는지),
두 번째로 회사가 2차 저작에 대한 실행 능력이 있는지, 세 번째
로 폭넓은 산업에 대해 산업별로 정당한 보수와 계약을 약속하는
지를 확인해야 한다. 이해하기 어려우면 각 건별로 따로 계약서를
작성하는지 보자. 대부분은 퉁쳐서 수익의 얼마를 나눈다 정도로
만 적혀 있는데, 이것은 좋지 않다.

사실 많은 웹소설 관련 업체들은 2차 저작에 대한 실행 능력이
없다. 계약서에 이 조항을 넣는 것은 앞으로를 위한 만약의 방책
이기 때문에, 빼길 원한다거나 차후 합의로 변경을 원한다고 하면
변경해 주는 경우도 많다. 업체의 상황을 잘 살피고 어떻게 할 것
인지를 결정하자.

물론 장르에 따라 2차 저작이 필요한 장르가 있긴 하다. 대표적
으로 라이트노벨이 그러한데, 사실 일러스트 작업도 2차 저작에
대한 허가가 있어야 가능한 것이다. 상품을 구성하고 판매하기 위
한 작업은 기본적으로 용인되는 부분이므로 판촉 등을 위한 비매
품 제작은 가능하다고 별도로 표기해 두면 된다.

2차 저작은 정말로 많은 산업이 관계되는 권리다. 이것을 항목
하나로 뭉뚱그리면 작가에게는 손해가 될 수 있다. 계약 시 이 항
목에 무조건 승낙이라거나 별도 합의, 건별 계약서 없이 진행 가능
하다는 식으로 기재되어 있다면 매우 위험하므로 주의해야 한다.

우선협상권을 제시하는 곳도 있는데, 일단 우선협상권 자체는 아주 큰 의미가 없기는 하다. 그러나 예를 들어 웹툰 제안이 들어왔을 때는 먼저 우선협상권자에게 알리고, 그가 거절해야만 웹툰 작업을 진행할 수 있다. 우선협상권자가 웹툰을 할 능력이 있는가는 별개다. 출판사가 우선협상권을 반드시 갖고 싶어 한다면 어떤 산업을 원하는지 합의하고, 실행 능력이 없거나 합의가 얼마 이상 지연될 시 우선협상권은 소멸된다는 점을 명시하도록 하자.

2차 저작권은 저작(재산)권을 넘기는 계약을 할 때도 특약이 있지 않는 한 넘어가지 않는 권리다. 사실상 저자에게 있어 히든 카드이므로 예민하게 검토하고 사용하길 바란다.

🌸 합의와 협의

합의와 협의, 두 단어의 차이를 알고 있는가? 알면 이 챕터는 읽지 않고 넘어가도 좋다. 이 두 단어는 일상 언어에서 큰 차이 없이 사용되지만 법적으로는 큰 차이가 있다. 혹시 계약서에 이런 조항이 있는지 면밀히 검토하자.

- 2차 저작물에 대해 갑과 을은 협의 후 진행한다.
- 2차 저작물에 대해 을은 갑에게 협의 후 진행한다.

협의란 협상을 위해 합의 전에 여러 사람이 모여 논하는 것을 말한다. 어디까지나 '논하는' 것이다. 의견을 보내기만 하면 그것으로 끝이다. 반면 합의란 협의하여 서로 동의 및 수락하였음을 뜻한다.

협의에는 합의의 의미가 없다. 일방 통보 후 진행 가능하다는 뜻이다. 따라서 "협의 후 진행한다"라는 말은 의미가 없는 말이다. 주체가 누구란 말인가. 의견을 일방통행으로 알리는 것까지도 그렇다고 친다면 누가 그 일방통행을 실행할 수 있는 것인가?

의외로 이런 계약서가 많다. 수정이 필요하다. "2차 저작물에 대해 을은 갑에게 협의 후 진행한다." 이건 위험한 문구다. 을은 갑에게 자기 의견 통보 후 실행할 수 있다. 이 경우는 '합의'여야 한다.

모든 문구에 합의를 넣어야만 하는 것은 아니다. 다만 분명히 '저자의 허락을 받아야만 가능한 것이 올바른' 부분이 있을 것이다. 계약서 받으면 Ctrl+F 키로 검색해서 협의와 합의가 기재된 부분을 찾아 제대로 바꾸길 바란다.

나도 몇 번 계약서를 작성해 본 후에야 이 점을 알았다. 다행히 그 이전부터 내가 허가해야 할 부분에 대해서는 서면 허가를 받을 것임을 늘 적어 두는 편이어서 함정을 피할 수 있었다. 더 다행인 것은 일부러 함정을 파 놓은 곳도 없었다는 것이지만.

🌸 원고 수령 후 출간 일자

회사마다 다르지만 '원고 수령 후 출간 일자'가 계약 사항으로 기재되어 있는 경우가 있다. 가능하면 설정하는 것이 좋다. 가끔 원고를 다 넘겼음에도 세월아 네월아 출간을 미루는 경우도 있으니 말이다.

보통 일정 기간 동안 출간이 안 되면 그 계약은 해지된 것으로 본다는 내용이 있을 것이다. 그리고 이에 대해 합의 또는 협의를 통해 기간을 재설정할 수 있다는 내용도 있을 것이다. 합의로 할지 협의로 할지는 각자의 선택에 맡긴다.

🌸 인세 수령 관련

종이책이라면 계약금은 얼마 주는지, 그것이 선인세인지 별도 계약금인지, 언제 주는지, 중쇄 시 추가 인세는 며칠 내로 입금이 되는지를 살펴봐야겠다.

그러나 우리는 주로 전자책 계약을 할 것이다. 전자책의 경우는 실 판매금을 분배하는데, 이에 대해서 정산 일자가 각 업체별로 다르다. 특히 종이책과 같이 진행하는 업체는 전자책에 대한 시스템이 체계화되지 않아서(현재 상태로 전자책에 분배할 인력이 없어서, 또는 기존 업무 시스템을 변경하기 힘들어서) 1년에 한 번, 6개월에 한 번 정산을 해 주겠다고 하는 경우도 있다.

월마다 정산을 해 주는 것이 제일 좋긴 하나, 그것이 업체의 사정으로 힘들다면 못 해도 분기별(3개월)마다 한 번은 정산을 받는 것이 좋다. 전자책 전문 출판사가 아닌 경우는 보통 분기별이다.

이것 역시 업체에 따라 조금씩 다르긴 하겠으나 월별 정산을 할 경우 수익금 발생 후 2~3개월 후 정산을 해 준다. 예를 들자면 1월 1일부터 1월 31일까지의 수익금이 3월에 입금되는 형식이다. 이는 전자책 업체의 수금 로테이션과 관계있다. 보통 1월의 수익금을 2월에 계산서 끊어 2월 말에 받는 형식이기 때문이다. 물론 더 걸리는 곳도 있다. 실제 전자책 플랫폼이 돈을 받는 데에도 3개월은 걸린다. 이것은 내 핸드폰, 카드 대금의 사이클을 생각해 보면 쉽다. 현대 금융은 신용으로 굴러감을 다시 한 번 느낀다. 분기별 정산 시스템인데 3개월 이상이 걸린다고 하면 계약 여부를 진지하게 고민해 봐야 한다.

계약 해지 방법 및 질권 설정

계약을 해지할 때 어떤 방법으로 해지하는지도 확인하자. 계약을 하는 것만큼이나 해지하는 것도 중요하다. 출판사가 출판권을 질권이나 담보, 대여 설정 가능한지(보통은 불가능하다거나 허락을 받아야 한다고 명시해 둔다), 출판사가 영업 지속이 불가능할 때 계약이 어떻게 해지되는지도 확인해 둬야 한다. 출판사가 문 닫을 경우 계약한 권리가 다른 회사로 넘어가는지도 빠뜨리지 말고 체크하자.

보통 서면으로 계약을 해지하는데, 출판사가 갑자기 문을 닫으면 서면 해지도 할 수 없다. 상식적으로 회사가 망했다면 계약도 해지가 되었다고 보겠지만 '사무실은 없어졌는데 회사 명의는 살아 있다'면 법적 절차를 거쳐야 할 수 있다.

로맨스소설 시장은 전송권에 대한 해석이 없을 때부터 전자책이 제작·유통되었다고 말했는데, 그 시절쯤에 만들어진 것으로 보이는 괴담이 있다. "회사는 망했지만 그 권리가 계속 토스되듯 넘어가 어딘가에서 내 책은 팔리고 있는데 당연히 내게 입금은 되지 않고 그 회사에 대한 정보도 알 수 없다. 유통사에 물어봐도 그런 것은 계약상 알려 줄 수 없다고 한다"라는 괴담이다. 제대로 법적 분쟁에 들어가면 해결 못할 문제는 아니기 때문에 꾸며 낸 이야기이리라 생각하지만, 정말 무서운 이야기다.

서면의 종류가 무엇인지도 체크해야 한다. 이메일로 계약 해지를 인정하는 회사도 있지만 직접 서류를 보내야 하는 곳도 있다.

🌟 계약서는 반드시 읽어라

계약서 양식을 메일로 달라고 했는데 유출을 핑계 대며 주지 않는다고 하면 그곳과의 계약은 더 검토할 필요 없다. 한국 상위 5위 안에 드는 출판사들도 그런 태도는 보이지 않는다. 분명 계약서는 비밀 엄수가 중요한 문서이기 때문에 기밀 사항, 유출 핑계를 대면 잘 모르는 사람은 깜박 속는다.

그런데 생각해 보자. 재계의 손꼽히는 그룹들이 중요한 계약을 할 때 미팅 자리에서 계약서를 처음 주고받을까? 사전에 계약서를 서로 여러 번 주고받으면서 수정, 미팅을 반복한다. 채용 공고에 시급이나 월급 표기 없이 '사내협의'라고 적은 구인 공고는 보나마나 뻔하다며 무시하는 경우가 많을 것이다. 그런데 계약서를 미리 보여 줄 수 없다니 무슨 말인가? 도장 찍기 직전에야 계약서를 보여 줄 수 있다는 곳은 "나는 너를 속이겠다"라고 정면 선언하는 것이다. 그냥 하지 말자.

또, 기본적인 이야기지만 계약서를 받았으면 반드시 읽어야 한다. 담당자가 하는 말만 듣고 제대로 계약서를 읽지도 않은 채 도장 찍는 작가들이 있다는 것을 알고 얼마나 놀랐는지 모른다. 말과 달리 매절 계약이면 어쩌려고? 작가가 수익의 30%를 분배받는 계약이면 어쩌려고? 2차 저작권 몽땅 가져가서 마음대로 웹툰, 드라마 만들고 당신에게 한 푼도 안 주면 어쩌려고? 계약 기간 5년에

237

자동 연장 3년이면 어쩌려고? 계약 해지하기 엄청 힘들게 해 뒀으면 어쩌려고? 회사 파산 및 도산 시 당신 출판권을 인수 회사가 자동 승계하고 출판권 매각 가능한 조건이면 어쩌려고?

한 가지 더 유의해야 할 것은 계약서에 없으면 없는 내용이라는 것이다. "전자책 잘되면 종이책 내 드릴게요", "프로모션 어떻게 해 드릴게요"라고 말하는 것들, 계약서에 적힌 내용인가? 없다면 립 서비스라고 생각하는 게 좋다.

계약서 파일을 메일로 미리 받고, 꼼꼼히 읽은 다음 모르겠으면 무슨 의미인지 물어 보자. 맥락을 잘 모르겠으면 자신의 짐작에 대한 확답을 받아야 한다. 수정 요청을 했으면 수정이 제대로 되었는지도 재검토 하도록 하자.

만나서 도장을 찍건 우편으로 보내건, 최종 날인을 하기 전에 반드시 계약서를 읽자. 담당자가 실수로 수정 전 계약서를 프린트 해서 보냈을지 어떻게 아나? 일단 도장이 찍힌 계약서는 당신 작품의 생명을 좌우한다. 설령 버리는 작품이더라도 마지막 가는 길 정도는 잘 챙겨서 보내 주는 게 만든 사람의 도리일 것이다.

계약에 임하는
작가의 자세

🌸 작가는 자영업자다

기본적으로 작가는 자영업자다. 출판사, 플랫폼과는 비즈니스 파트너다. 글은 혼자 쓰는 것이고 소설 쓰기는 다른 문예 창작에 비해서도 특히 자폐적인 활동이다. 그러나 이것이 세상으로 나갈 때 작가는 많은 사람의 협력을 얻어야 한다.

작가에게도 대인 능력, 사회적 기술은 필요하다. 다시 말하지만 작가는 자영업자다. 자신이 기획하고 자신이 PR하며 자신이 이미지 메이킹하고 자신이 협상해야 한다. 엄청난 기술을 갖출 필요까지는 없더라도 기본적인 비즈니스 매너는 장착하자.

계약서 수정 요청을 두려워하지 말 것

근로 계약서도 안 써 본 사람이 대부분인데, 대뜸 첫 계약에서 "이거, 이거 수정해 주세요"라고 말하는 것이 쉽지 않을 것이다. 제일 큰 두려움은 '수정해 달라고 했다가 계약을 안 하겠다고 하면 어쩌지?'일 텐데 그런 경우는 거의 없으며 만일 정말로 그렇게 나온다면 계약을 진행할 필요가 없는 이상한 곳이다.

'편집자가 싫어하면 어쩌지? 까탈스럽다고 생각하면 어쩌지?' 같은 걱정도 들지 모르겠다. 설령 작가가 계약 사항에 까탈스럽다 해도 싫어하는 사람은 출판사 사장이지 편집자는 아니다. 퇴근 시간이나 주말 휴무 때 문자나 전화를 하여 사람을 못살게 굴거나 항목 하나하나 짚어 가며 지식 자랑을 하지 않는다면 말이다. 여튼 토씨 하나도 바꾸지 못하겠다고 나온다면 이상한 출판사다. 아쉬워하지 말고 진행을 멈추자.

물론 내가 수정 요청을 한다고 해서 출판사 측이 무조건 오케이를 하지는 않는다. 그러나 그에 대해서도 '이런 이유로 그 내용을 고칠 수 없다'고 설명해 주어야 맞는 것이지, 무조건 고칠 수 없다고 우긴다면 역시 계약 진행을 멈춰야 한다. 사업체로서의 기본 상식과 매너 문제다. 계약서에 한 번 도장 찍으면 최소 2년은 간다. 2년 동안 계속 불만족에 시달릴 것인가, 잠깐 불편하고 말 것인가?

상식 범위 내에서 수정해 달라고 하면 보통은 흔쾌히 수정해 준다. 만약 그쪽에서도 필요에 따라 조율에 들어가겠으나 두려워하지 않아도 된다. 어차피 작가 인생은 수없이 많은 계약과 조정과 함께해야 한다. 평생 책 한 다섯 질 정도만 내고 말 것 같은가? 내 입맛에 딱 맞는 계약서를 처음부터 들고 오는 출판사는 없다. 애초에 계약서는 출판사의 입장에서 쓰여지고 아무리 공정하게 쓴다고 해도 출판사의 이익을 최대한 반영하게 되어 있다. 보통 두세 번은 의견 조율을 한 다음에 도장을 찍는다. 물론 도장 찍고 파기되는 계약들도 수도 없이 많다.

초보 작가들 중에는 계약 파기를 당할까 봐 무서워서 수정 요청을 못하겠다고 하는 사람들도 종종 있는데, 한 출판사가 출간 제안을 했다는 것은 그 작가에게 상품성이 있다는 이야기다. 그렇다면 다른 출판사들이 보기에도 마찬가지일 것이다.

"여기 아니면 안 내 줄 것 같다"라고 하는 사람들도 있다. 그렇다고 이상한 계약 조건을 다 감수하고 책을 낼 이유가 있는가? 책이란 그냥 내기만 하면 그 의의가 만들어지는 것인가? 그 정도라면 차라리 개인 출판을 해 보면 어떨까?

아무리 배가 고프다고 해도 상한 음식을 먹으면 안 된다. 배탈로 끝나면 그나마 다행이지만 식중독으로 크게 고생하거나 후유증으로 몇 년을 고생할 수도 있다.

🔥 아니다 싶으면 계약하지 말자

판매에 대한 정보량은 작가보다 출판사가 압도적으로 많이 가지고 있다. 사실 작가는 출판사가 작정하고 속이려 들면 방법이 없다. 판타지소설이 한창 잘나갈 때 작가가 출판사에 찾아가 전표를 뒤지고, 인쇄소에 갔더니 인쇄소 사장님이 자신도 모르는 자기 책 증쇄 소식을 알려 주었다는 경험담이 수두룩하다. 요즘은 전자책이 대세가 되며 출판사가 유통사에 메일을 보내 "작가 이메일을 참조로 걸고 작품 매출을 월별로 뽑아 보내 주십사" 부탁하기도 한다고 한다. 세상 많이 간편해졌다.

출판 계약은 신탁 계약이다. 내가 상대를 믿고 권리를 넘겨 그에 대한 운용을 맡기는 것이다. 그러니까 믿음을 주지 않는 상대와 군이 계약을 할 필요는 없다. 계약 중 트러블이 발생했을 때 사건 해결에 성실하게 대응하지 않고 충분한 자료를 건네지 않는 상대와도 거래할 필요가 없다.

어떤 분야에서든지 작정하고 사람을 속이려는 사기꾼은 보통 사람이 어떻게 막을 수가 없다. 누가 나를 뒤통수치지나 않을까 의심하는 데만 집중하는 것은 에너지 낭비이다. 우리가 할 수 있는 일은 너무 치우친 계약이나 잘못된 계약을 피해 '합법적으로 권리를 넘겨 주지 않고', 만약의 사태에 사실 관계를 확인하며 분쟁을 빠르게 해결하는 것이다. 성실하지 않은, 충실하지 않은 태도를 보이는 상대라면 미련을 가지지 말자.

🌸 한 번에 여러 작품 계약하지 말 것

한 출판사와 여러 작품을 한꺼번에 계약할 때가 있다. 이미 완결된 작품이라면 괜찮을 수도 있지만, '앞으로 쓸 작품'은, 특히 초보 작가인 경우는 다시 한 번 생각해 보는 걸 권한다.

과거, 대여점 판타지소설 붐일 때는 앞으로 쓸 작품을 미리 계약하는 경우가 많았다. 당시는 무조건 수량으로 밀어 내는 때였으니까 그런 선택을 할 수 있다고 치자. 그런데 대여점이 사라진 요즘도 이런 계약을 하는 사람들이 여전히 존재한다.

전략적으로 무척 좋지 않은 선택이다. 만일 이번 작품이 히트쳐서 몸값이 올라가는 작가가 되면 더 나은 조건으로 할 수도 있는 계약을 날려 버리는 것이다. 그 출판사가 최종적으로 책을 어떻게 만들어 줄지도 알 수 없다. 수익 정산 시 고질적인 문제를 일으키는 회사이기라도 하면 어쩔 것인가? 앞일을 모르는 상태에서 그런 계약을 하면 안 된다. 대여점 시대에도 이런 계약은 노예 계약이라고 불렀다. 하지 말자.

또, 한 곳과 꾸준한 거래를 하는 것도 좋지만 자영업자라면 적절히 여러 채널을 갖고 있는 것이 좋다. 기본적으로 출판사나 플랫폼 사람들과 우호적인 관계를 가져야 하는 이유이기도 하다. 현 거래처가 영 아니다 싶으면 다른 곳으로 옮겨야 하는데 그때 나를 받아줄 곳이 있어야 한다. 더 좋은 대우받고 이동했다고 이전 거래처에게 함부로 대했다가, 옮겨간 거래처가 문제를 일으킨 후에야 이전 거래처에게 고운 말 쓰는 사람이 되지 말자. 거래처마다 들어오는 정보가 다르므로 여러 곳과 관계를 맺을수록 정보 확보에도 유리하다. 정보도 친해야 주는 거니 원활한 관계는 필수다.

🌸 편집자도 사람이고 회사원이다

작가들 중 사회 생활을 해 본 사람은 그나마 나은데, 공부만 하던 사람이나 학생, 갓 성인이 된 사람들 중 심하게 무례한 작가들이 많다고 편집자들이 투덜대는 이야기를 가끔 듣는다. 적당히 까칠하고 틱틱거리는 정도면 괜찮은데, 대작가인 자신은 갑이고 편집자와 출판사는 을이며 노예라서 야근이나 휴일 근무도 불사하며 자신에게 맞춰야 한다고 주장하는 작가들도 있다고 한다.

직장인이라면 분노하지 않을 수 없을 것이다. 그렇지 않아도 편집자란 대표적인 열정 페이 직종이다. 빈말이라도 "칼퇴하세요^^" 같은 인사를 하는 것이 사회인으로서의 매너 아닐까. 이 챕터 가장 앞에서도 말했지만 작가는 자신이 홍보하며 자신이 이미지 메이킹해야 하는 자영업자이다. 기본적인 사회적 예의는 필수다.

계약서 좀 고쳐 달라고 했다고 소문나지 않는다. 이런 식으로 '나는 갑'이라는 마인드로 거만하게 구는 작가들이 소문난다. 작가들 사이에서 이상한 출판사가 어디이고 이상한 편집자가 누구인지 소문이 나듯 이상한 작가도 마찬가지다.

무례하게 군다고 해서 출판사가 진행하던 계약을 끊지는 않는다. 하지만 어떤 좋은 기획, 신규 사업, 특히 교류가 많이 필요한 작업이 있을 때는 소통이 원활한 작가와의 협업을 먼저 생각하게 된다. 작가와의 조율이 필요한 기획전이나 프로모션 등에서 트러블이 잦거나 대화하기가 피곤한 작가들은 우선순위가 낮게 책정되거나 아예 배제될 수도 있다. 사업에서는 이익만큼이나 '일이 진행되는 것' 자체가 중요하다. 더 솔직하게 말하자면 수익은 사장에게 중요하고 실무자에게는 일이 진행되는 것이 더 중요하다.

게다가 편집자는 이직이 잦다. 어쩌면 당신이 무례하게 굴었던 편집자의 동료가 당신이 계약하고 싶어 하는 플랫폼 직원일 수도 있다. 어쩌면 이 사람은 당신이 선망하던 출판사로 이직할 수도 있다. 내 주변 편집자들도 경력을 쌓으며 더 유명한 회사, 더 큰 회사로 옮겨 갔다. 덕분에 주워들은 것이 있어 이런 이야기도 하고 말이다. 그때가 되어서 다시 접근한다 해서 우선순위가 올라갈지는 좀 의문이다.

친절하라거나 비위를 맞추라는 이야기가 아니다. 인간적인 예의를 지키자. 이것은 작가, 독자, 회사 모두 마찬가지다.

트러블 발생 시 사실 관계 확인부터

마찬가지 맥락에서 출판사와 트러블이 발생했을 때도 적절한 대응을 해야 한다. 상대방과 잘잘못을 이성적으로 따져 보기도 전에 자신의 불안과 분노를 정당화하기 위해 여러 부정적 논리를 갖다 붙여 '상대는 나를 속이고 있을 것이며 내 뒤통수를 후려칠 것이다'라고 믿고 분노를 터뜨리는 사람을 종종 본다.

상대의 선악을 판단하는 것은 본인의 자유고 화가 나는 것을 완전히 숨길 수도 없을 것이다. 그러나 자기 안에서만 완결된 논리를 다짜고짜 들이대며 "너는 나쁘고 나는 정당하다"며 목소리 높이는 일은 금물이다. 상대는 비즈니스 파트너지 고객 센터의 상담원이 아니다. 상담원이라도 그렇게 대해서는 안 된다.

일단 트러블의 근거를 이루는 사실 관계부터 하나하나 확인하자. 사실 관계를 확인하다 보면 내 생각과 다른 부분, 미처 생각하지 못했던 부분을 발견할 수도 있다. "내 책 가격이 100원 단위로 떨어지는데 왜 정산액 단위가 50원으로 떨어져? 너희들 나 속이고 있는 거 딱 걸렸어!"라며 적개심 화끈하게 풍기며 따졌는데 "할

인 프로모션 넣은 거예요" 같은 소리 들으면 슬퍼진다. 이런 비극
은 이제 그만 우리 세대에서 끝내기 위해 계약서를 잘 살펴보고
이성적으로 묻자.

분명 상대가 일방적으로 잘못한 경우도 있다. 이런 때는 해당
트러블을 잘 해결하고 보상을 얻을 수 있는 기회가 되기도 한다.
그런데 무작정 폭발부터 하면 남는 것이 없다.

화를 내지 말라는 것이 아니다. 목소리 높이고 함부로 상대를
대한다고 자신이 우위에 있게 되는 것이 아님을 알아야 한다는 것
이다. 잘못된 공격은 그대로 반사되어 자신의 피해가 된다. 화는
쟁점이 확실해지고 나서 내도 늦지 않다.

이런 헛발질을 덜 하기 위해서는 시장이 어떻게 이루어져 있는
지 파악하는 것도 필요하다. 마켓이 어떤 식으로 고객을 끌어들이
며 작동하는지 기본적인 원리는 알아 두자. 아까 소비자의 결제가
업체에게 실입금되는 것은 2~3개월 후라는 이야기를 했는데, 이
것을 알면 적어도 "3개월 후에 판매 금액을 주는 것은 다 이자를
받으려는 수작이다" 같은 말은 안 할 수 있을 것 아닌가.

그 밖에 챙겨야 할 일들

매년 5월 종합소득세 신고는 반드시 하자

신고 자체는 세무서에서 간단한 도움을 얻어 할 수도 있지만, 직접 못하겠으면 동네 세무사에게 맡기자. 지역마다 다르겠지만 나는 다니던 회사 근처 세무사에게 20만 원 정도에 의뢰했다. 근로소득과 사업소득(글을 써서 번 돈)이 엉켜 있어 정리가 힘겨워서 맡겨 보았던 것인데, 돈을 낸 만큼은 확실히 돌려받을 수 있었다.

회사가 적은 지역의 세무사는 10만 원 선으로도 처리해 준다고 한다. 자신의 벌이가 그만큼은 안 되는 것 같다면 셀프로라도 하자. 매년 수익 총액이 홈택스에 찍혀 나오는 것을 보면 감회가 새롭다. 내가 이만큼 써 냈다는 증명이기도 하니까.

작가는 세법상 사업소득자로 취급된다. 그리고 이 사업소득자의 '건강보험료'는 전전년도의 수익에 따라 결정된다. 기준을 2017년 으로 잡는다면, 2017년의 건강보험료는 2015년 1월 1일부터 12월 31일까지의 소득을 기준으로 계산되며, 이것에 대한 고지를 2016 년 11월쯤 한다.

당신이 2015년에 엄청 벌었지만 2016, 2017년은 별로였을 수 있다. 그런데 2015년에 엄청 벌었기 때문에 건강보험료를 50만 원 정도 내라고 나온다면? 프리랜서의 수익이 고정적일 수가 없다. 그래서 필요한 것이 '해촉증명서', 난 여기서 더 일하지 않는다는 증거 서류이다.

출판사에 요청해 발급받아 지역 건강보험공단에 보내면 된다. 팩스로 보내야 하는데 팩스기가 없으면 모바일 팩스를 이용해 PDF로 보내도 된다.

계약을 해지할 때 해촉증명서를 같이 받는 것이 가장 좋다. 햇수 지나서 연락하기에는 번거롭고, 담당 편집자가 퇴사했으면 더욱 그렇다.

🌸 편집자와의 의견 조율

수정을 제안 또는 요구받으면 이유를 물어보자. 대부분 수정이 요구되는 이유는 그 요소들이 여태까지 편집자가 알던 독자의 소비 패턴에 맞지 않거나 어긋나기 때문으로, 상품으로서의 안정성을 획득하기 위해 제시되는 것이다.

작가는 납득이 될 수도 있고 안 될 수도 있다. 납득이 되는데 방법이 생각 안 나면 상의를 하고, 납득이 되지 않으면 편집자가 작가에게 제안했듯이 작가도 제안하고 설득하면 된다. 보통 큰 충돌은 편집자가 제안하는 상업성과 작가의 창작 의도가 부딪혀 일어난다. 편집자가 작품을 이해하고 있음에도 자신의 뜻과 다른 제안을 한다면 조금 더 긍정적으로 생각해 볼 만하다. 그러나 작품을 이해하지 못한 채 그런 말을 한다면 솔직히 나는 그다지 타협하고 싶지 않다. 도저히 못하겠으면 버텨도 상관없다. 저작인격권은 당신의 편이다. 하지만 너무 버티기만 하면 거래처와의 관계에 악영향이 있을 테니 가능하면 상생의 마인드로 가기를 권한다.

물론 이런 조언도 상식적인 편집자들과 일할 때의 이야기다. 비상식적인 편집자, 자기 룰만 강요하는 편집자, 자신의 취향과 시장의 취향을 구분 못하고 강요하는 편집자도 분명 있다. 그럴 때는 저작인격권이 내 편이라는 것만 기억하면 된다.

왜 내게는 출간 제안이
오지 않을까?

🌸 남을 위한 글쓰기를 연습해 보자

나름 인기가 있는데도 출간 제안이 오지 않는다면 상품성의 부족을 의심할 수 있다. 상품성이 없다는 것은 재미가 없다는 것과 다른 이야기다. 재미가 있고 잘 쓰인 글이라도 시장성이 없는 작품에 손을 대기는 회사로서는 좀 꺼려지는 일이다.

이때 작가가 초조함에 쫓기지 않는 것이 중요하다. 주변 사람들은 다 계약하고 나만 계약을 못 했다는 초조함에 시달리다 보면 결국 상한 고기를 뜯게 된다. 안 되면 안 되는가 보다 하고 넘어가야 한다. 그리고 다음 작품을 쓰자.

작가가 되는 데 2~3년은 걸리고 작품 몇 개는 디딤돌 삼아야 할 것이라고 말했다. 초조해하지 말고, 빠른 성과를 욕심내지 않길 바란다. 사기꾼들은 그런 사람들을 주로 노리기 때문이다.

어쩌면 당신은 좌절감을 갖고 무너지고 있는 중인지도 모른다. 상품성과 타협하고 싶으나 방법을 모를지도 모르고, 또는 아예 타협하고 싶지 않을지도 모른다. 나는 꽤 오래전부터 "전업 작가가 되든 취미로 글을 쓰든 간에 에너지가 있는 동안 하나 정도는 인정받는(대중적인) 글을 쓰라"고 말해 왔다. 성과가 없는 사람은 쉽게 꺾여 버린다. 자기 자신에 대한 회의나 자신의 글이 의미 없다는 혼란에 빠져 버린다.

나는 "항산 없이 항심을 가질 수 없다"는 말에 공감한다. 항산(恒産)은 일정한 재산을, 항심(恒心)은 흔들리지 않는 마음을 말한다. 버는 것, 축적한 것, 쌓아 올리는 것이 없다고 느껴지는데 어떻게 글을 쓴다는 항심을 유지할 수 있겠는가. 계속 가고 싶다면 항산을 쌓아야 하지 않겠나.

어쨌든 쌓은 것이 몽땅 고갈되기 전에, 또는 그렇게 되었더라도 포기하지 않았다면 쓸 수밖에 없다. 이럴 때 나는 다 내려놓고 인기 요소와 패턴에만 맞춰서 써 보기를 권한다. 어떤 사람의 기준에 이렇게 쓴 글은 굉장히 유치하고 한심할지도 모른다. 그러나 모두 내려놓고 유치하고 편하고 쉬운, 검증된 루트만 가라. 어차피 자기 생각을 내려놓고 쓰더라도 쓰다 보면 자기 색이 묻어나는 것을 피할 수 없다.

굉장히 쓰기 싫고 막막할 수도 있다. 무엇보다 '나를 포기한다'는 생각이 들어 잘되지 않을 것이다. 기준도 잡히지 않아 혼란스러울 것이다. 이 상태로는 1화 이상을 쓸 수 없다. 그럴 때는 친한 친구가 별 생각 없이 떠들어 대는 이야기를 소설로 써 준다고 생각해 보면 어떨까. 아무래도 주변에 글 쓰는 사람들이 많다 보니 가벼운 농담거리를 소재 삼아 간단한 창작을 하거나 적절히 쓸 것이 생각 나지 않을 때 주변의 의견을 받아 엽편 소설을 쓰는 경우가 있다. 이때 나오는 이야기는 굉장히 가볍고 훅 넘길 수 있는 소재가 많다. '황제와 동네 아가씨의 연애담', '이계에 진입한 군인(현역, 휴가 중)' '현실 세계에 떨어진 마왕' 등. 보면 알겠지만 이미 시중에 수도 없이 나온 이야기다.

상업성을 위해 글을 쓰는 것은, 대중을 상대로 창작하는 것은 정말 힘들고 갈피를 잡을 수 없는 일이다. 그러나 친구나 지인과 웃으면서, 상대가 즐거워하기를 바라며 쓰는 이야기는 그렇게 자아를 갉아먹는 기분이 들지 않는다. 톨킨도 결국 자기 손자손녀들을 위해 글을 썼다.

한 명에게 집중해 보는 건 어떨까. 마땅한 지인이 없다면 '내면의 독자'를 드라마, 만화, 게임 정도를 가볍게 좋아하는 평범한 친구 A로 설정해 놓고 그 친구가 좋아할 만한 이야기를 놀이처럼 써 보는 건 어떨까. 막연한 대중 집단을 생각하는 것보다는 훨씬 편안하고 부담도 덜할 것이다.

🌸 블루칼라 이야기 작가

창작자는 늘 자신의 머리로 무언가를 생각하고 새로운 것을 짜내야 한다는 선입견이 있다. 그러나 창작자가 늘 완전히 제로에서부터 구상을 시작하는 것은 아니다. 예를 들면 게임 시나리오 라이터로 일하고 있다면 이미 마련된 캐릭터와 세계관을 이용해 이야기를 써야 할 때가 많을 것이다.

일본의 만화 원작자이며 비평가인 오쓰카 에이지(大塚英志)는 그의 책 『이야기 체조』에서 이러한 작가를 '블루칼라 창작자'라고 부른다. 오쓰카 에이지는 가부키의 언어를 빌어 '세계'와 '취향'을 분리했다. 세계는 이해하기 어렵지 않을 것이다. 취향은 쉽게 말하면 2차 창작이다. 미국 드라마의 경우 시나리오 작가가 팀으로 움직이는데, 그들이 공동으로 만든 것이 세계라면 각자 맡아 써내는 에피소드가 취향이라고 할 수 있을 것이다. 그들은 주어진 세계에서 각자의 오리지널리티를 이용해 세부 작업을 하는 사람들이다.

오쓰카는 "물론 세계를 만들어야 작가라고 할 수 있겠지만 콘텐츠 산업이 커질수록 개발 공정의 일부를 책임져 주는 기술자가 필요하고, 콘텐츠 산업에서 가장 부족한 것은 이야기, 즉 취향을 담당하는 기술자다[*]라고 말한다. 그리고 이러한 기술자를 '블루칼라 이야기 작가'라고 칭했다.

만약 작가는 어떠해야 한다는 관념에 묶여 있다면 이런 개념을 자신에게 적용시켜 보면 어떨까? 웹소설 작가는 세계를 만드는 사람이기도 하지만 이미 성립되어 있는 장르의 규칙이나 패턴, 인기 요소를 세계로 여긴다면 우리는 많은 경우 취향, 즉 2차 창작을 하고 있다. 웹소설 작가의 대다수가 이런 의미에서 블루칼라 이야기 작가라는 걸 부정할 사람은 별로 없을 것이다. 아예 이런 창작을 목표로 하고 있는 사람도 많을 것이다.

출판사가 제안하는 기획 작품에 대해 많은 작가들이 거부감을 느낀다는 이야기를 들었다. 그야 쓰고 싶은 작품이 따로 있을 때면 여러 가지 이유로 쓰기 싫을 수도 있지만, 기획 작품이나 '블루칼라'식 창작은 작가성을 훼손하는 것이 아니다. 예술이 한계 안에서의 실험이라고 본다면, 틀 안에서 자신의 한계를 시험하는 것은 꽤 즐거운 작업이 될 것이다. 창작에 대한 관념에 얽매이지 말자.

🌸 한 작품을 여러 번 고치지 말자

현재 웹소설 공모전이 활발하게 열리고 있다. 그런데 한 번 떨어

● 오쓰카 에이지, 『이야기 체조』 선정우 옮김, 북바이북, 2014

진 작품을 고쳐서 계속 투고하지는 않았으면 한다. 당신이 조앤 K. 롤링일 가능성은 낮다.

업계 사람들의 말에 따르면 "떨어진 작품을 조금 고쳐서 내고, 조금 고쳐서 또 내고, 그리고 또 떨어지는" 사람들이 꽤 많다고 한다. 작품에 애착이 크다는 것은 알겠지만 이런 수정은 의미가 없다.

작품을 고쳐서 투고하고 싶다면 시나리오를 완전히 갈아 엎어야 한다. 설정 조금 붙이고 문장 조금 가다듬었다고 안 뽑힐 작품이 뽑히지는 않는다. 심사위원이나 편집자들은 작가보다 많은 작품을 보며 시장이 어떤 논리로 굴러가는지 작가보다 더 가까운 곳에서 체득했다. 어떤 작품을 탈락시킨 데는 이유가 있으며, 그 이유 자체를 개선하기 전까지 결과는 달라지지 않는다.

문장이나 설정을 조금 바꾸는 것은 꽃무늬 옷을 별무늬 옷으로 바꾸는 수준에 불과하다. 심사위원들은 옷이 아니라 옷 속의 몸이 부실한 것을 보고 뽑지 않았을 것이다. 작문 수준이 낮아도 기본 골자만 재미있으면 출판사는 그 글을 선택한다.

연재도 마찬가지다. 안 될 작품은 안 된다. 알더라도 놓기 어렵겠지만 안 되는 건 놓아야 한다. 정 미련이 남는다면 유명 작가가 된 다음에 손보는 것으로 타협하자. 일단은 나아가야 하지 않겠는가. 미련을 가지고 뒤돌아보더라도 앞으로 걸어는 가야 기회를 잡을 수 있다.

시장은 하나가 아니다

당신이 생각하는 웹소설 시장은 어떤 형태로 나누어져 있으며, 독자층은 어떤 식으로 나누어져 있나? "판타지, 로맨스, 10~20대, 남자." 이런 식으로 대답한 다면, 감사합니다. 이 책을 열심히 읽으셨군요. 그런데 지금 하려고 하는 이야기는 좀 다른 이야기다.

웹소설 시장을 이렇게 나누어 보자. 무료 연재, 유료 연재, 전자책, 종이책. 유료 연재는 편당 결제와 이용권 결제로 나눌 수 있겠으나, 사실상 이용권 결제 시스템이 의미 있는 곳은 한 군데밖에 없으니 큰 의미는 없다.

이 시장의 독자들은 모두 '웹소설의 독자'일까? 그럼 무료 연재를 보는 사람이 유료 연재를 보고, 전자책도 사고, 종이책도 살까? 반대로 무료 연재를 본 사람은 종이책을 사지 않을까? 저 집단들은 완전한 교집합일까, 아니면 겹치는 부분 없는 별개의 집단일까?

답은 모두 '아니'다. 무료 연재 독자, 유료 연재 독자가 다르고 전자책과 종이책의 독자가 다르다. 편당 결제와 이용권 결제를 이용하는 독자도 다르다. 또한 앞서 말했지만 전자책과 종이책은 자기 잠식하는 존재가 아니다. 교집합이 있을지언정 완전히 겹치지는 않는다는 것이다. 한 쪽을 샀다고 다른 쪽을 안 사지도 않는다. 무료 연재를 보고 유료 연재도 보고, 종이책도 사는 독자들도 꽤 있다. 그런 독자가 있을 리 없다고? 소셜 게임의 랜덤 뽑기에 한 달 월급 터는 존재가 있다는 것은 인정하면서 왜 웹소설에는 그런 독자가 없을 거라고 생각하는가?

무료로 연재한 책이 팔릴지 걱정하는 작가들도 가끔 보는데 말했듯이 시장이 다르기 때문에 큰 문제가 없다. 연재에서는 그럭저럭 평범한 정도로 인기가 있었는데 전자책이 히트 치거나 연재 인기는 별로 좋지 않았는데 종이책은 잘 팔리는 등 여러 경우가 있다. 반대로 연재할 때는 인기가 좋았는데 책은 별로 팔리지 않는 경우도 많다.

세상은 넓고 우리의 책을 사지 않은 사람은 많다. 나는 낸 지 3년 넘은 책이 아직도 꾸준한 부수로 팔리는 것을 보면 이 세상이 넓다는 걸 실감한다. 생각해보면 출간된 지 10년, 20년이 넘은 책들도 계속 팔리고 있지 않은가. 본 사람보다 안 본 사람이 더 많은 것이 시장이다. 계속 팔 수 있다는 것을 믿어라. 말하고 보니 사이비 교주 같지만 사실이다.

업체와 작가를 노리는 헛소문

앞서 헛소문에 대해서 이야기했는데, 그것이 작가를 중심으로 도는 가십이라면 업계를 중심으로 도는 헛소문도 있다. 그리고 그 헛소문으로 물정 모르는 작가들을 조종하려는 경우도 자주 보므로 그 점도 주의하길 바란다.

예를 들자면 'A사와 B사는 사이가 안 좋으므로 A사와 친하게 지내는 너는 B사에게 불이익을 받을 것이다' 같은 소문은 굉장히 흔하게 돈다. 표면적 상황만 보고 '저 작가가 B사에게 불이익을 받았다'며 자신의 주장을 강화하려는 사람도 있다. 그러나 실제 사정은 그와 같지 않을 때가 많다.

업체들은 좋은 작가면 접촉하려고 한다. 이전에 트러블이 있었던 작가라면 모를까 특정 업체와 친하다고 그 작가를 배척할 이유가 없다. 사실 업체들은 트러블이 있었던 작가라도 가능성이 있다면 데리고 오려고 하며, '이유가 있으면 작가를 핍박한다' 식의 소문이 나는 것을 경계한다. 출판은 제조업이고 작가가 없으면 이 제조업은 돌아가지 않기 때문이다.

특정 플랫폼이 C사, D사, E사를 모아 회의를 했는데 A사만 빠졌다는 소문이 있었다. 'A사는 이런 데에서 빠졌으니 앞으로 가망이 없을 것'이라는 이야기가 함께 돌았는데 그 플랫폼 담당자에게 물어보니 그런 모임 자체를 한 적이 없다고 했다. 이런 식이다.

소문의 시작은 대부분 약간의 커뮤니케이션 오류에서 시작한다. 그러나 '자신이 속한 업체로 작가를 끌고 오려는 의도'로 시작되는 소문도 있다. 중개인이 작가와 업체 사이를 중개해 계약할 경우 소개한 작가의 수익 일부분을 중개인에게 지급하는 업체도 있으며(결과적으로 작가의 수익은 줄어든다), 업체가 이익 또는 계약을 미끼로 신뢰 받는 작가의 지위를 이용해 능동적으로 소문을 뿌리게 요청하는 경우도 있다. 이 경우 '이미 데뷔하여 지위를 가지고 있고 신뢰 받는 작가'의 위치에 서 있는 사람의 말은 초보 작가들, 또는 독자들에게 강력한 믿음을 얻으며 확산된다.

소문을 옮겨 온 주체가 자신이 믿는 사람일 경우 사람들은 소문을 의심하지 않는다. 그 사람이 신중한 사람이라 신뢰할 만한 정보가 아님을 명시했더라도 말이 옮겨진 순간 그런 디테일은 삭제되며 '그 말이 진짜일지도 모른다'는 '그 말은 진짜다'가 되어 버린다. 이런 소문들이 복합적으로 오가며 교차 검증된다는 이유로 그 소문을 확신하고 퍼트린다. 일종의 자기예언적 실현이다.

소문을 들었고 그것을 옮길 의향이 있다면 그것이 어디서 얻은 정보인지 확인하고, 주변 사실 관계를 확인한 다음 판단해야 한다. 또한 그런 소문을 듣더라도 전후 관계를 확인하지 못했다면 참고하고 주의하되 맹신하지는 말길 바란다.

남은 이야기

2차 판권을 노린 창작은 나쁜가?

개인적으로는 2차 판권을 노리는 것 자체는 긍정적으로 보지만 2차 판권을 위한 작품 제작은 부정적으로 본다. 예를 들어 '2차 판권 판매에 유리하게 제작비 덜 드는 현대물을 써야지'라고 한다면 좋은 전략이라고 생각하고 적극 추천한다. 그러나 '드라마나 웹툰으로 장면 구성 옮기기 좋은 걸 써야지' 같은 생각을 한다면 시나리오를 쓰라고 말하고 싶다. 굳이 소설을 쓸 이유가 없다.

2차 판권의 성질을 생각해 보자. 2차 판권을 산다는 것은 1차 저작물의 명성을 사는 것이다. 2차로 제작되는 미디어는 1차 저작물보다 많은 제작·유통 비용을 필요로 하며 많은 인력이 투입되는 산업이다. 실패 시 위험이 크기 때문에 그것을 줄이기 위해 검증된 1차 저작물의 판권을 산다. 다시 말해 '인기가 좋은' 작품만이 2차 판권을 판매할 수 있다.

1차 작품으로 돌아오자. 당신의 1차 작품은 소설이다. 소설이란 어떤 특징을 가진 매체인가? 시나리오와 소설은 같은 문자를 쓸지언정 전혀 다른 매체다. 앞서 문단 문학으로서의 소설과 웹소설의 미덕은 각기 다르다고 했다. 그것을 이해하지 못한 채 그저 다른 매체로 옮기는 것을 우선순위로 염두에 둔 소설이 소설로서 재미가 있을까?

간혹 작품 중 '다른 매체로 이식하기 좋아 보인다'는 평가를 들는 작품들이 있는데, 그 작품들도 소설로서의 본분은 지키고 있다. 소설로서의 재미를 주고 있다는 소리다. 자신이 어떤 매체를 쓰는 것인지 파악하지 못한 사람이 해당 매체에서 인기를 얻을 확률은 낮다. 지금 여기, 자신이 만들고 있는 것에 집중하길 바란다.

🌸 글이라고 다 같은 글이 아니다

웹툰, 웹소설이 뜨면서 판타지소설가들의 경우 웹툰 시나리오 작가로 전업하는 경우도 많다고 한다. 어쩌면 당신도 이것저것 제안받을지도 모르고, 기회가 와서 시도하게 될지도 모른다.

　사람들은 흔히 소설을 쓰면 시도 쓰고 시나리오도 쓰는 것이 당연하다고 생각한다. 독자, 작가, 업계 관계자라는 사람들마저도 소설과 시나리오의 차이, 시와 노래 가사의 차이를 분명히 모르며 판타지는 쓰는데 왜 로맨스는 못 쓰냐, 시대물은 쓰면서 왜 현대물을 못 쓰냐 같은 질문을 한다. 새로운 시도를 해 봤다면 알겠지만 글쓰기는 그냥 할 수 있는 일이 아니다. 다 배워서 하는 거다. 만약 "나는 다 잘할 수 있어. 그까짓 거 뭐가 다르다고"라고 말하는 사람 있으면 직종이나 경력 여부와 관계없이 멀리하는 것이 좋다. 개인의 능력과 별개로 타인의 일을 존중하지 않는 사람은 꼭 사고를 친다.

웹소설 작가가 큰 무리 없이 진입할 수 있는 분야는 '게임 시나리오'일 텐데, 이것도 소설과는 다른 서사 구조를 가지며(서비스 기간 동안 무한한 확장을 유지하는 데 중점을 둔다) 텍스트의 용도가 다르다(액션 유발을 목표로 한다). 소설과 달리 협업을 하고(많은 소설가들이 여기서 뛰쳐나온다) 구현의 한계를 가지며, 한 문장을 몇 줄이건 쓸 수 있는 소설과는 달리 한 화면에 띄울 수 있는 문장 규격도 생각해야 한다. 일정도 훨씬 빡빡하다.

웹소설 작가들이 쉽게 건너가는 비주얼 노벨(기승전결을 가짐)에서도 차이를 잘 모르고 쓴 텍스트를 발견하는 것은 어렵지 않다. 우리는 대부분 게임 디바이스(보통 스마트폰)를 손에 쥐고 게임을 한다. 텍스트 창을 터치하며 진행하는 게임이라고 치자. 문장을 칸에 꽉 차게 쓰면 유저 입장에서는 꽤 불편하다. 그리고 소설은 서술로 많은 내면 묘사를 할 수 있으나 시나리오는 모든 것이 대사로 이루어진다고 봐도 무방하다.

소설을 쓸 때 시나리오화를 고민해서 쓰라는 소리가 아니다. 그만큼 같은 글이라도 목적과 형태, 분야에 따라 그 특성이 다르다는 뜻이다. 정말 2차 저작물이 만들어진다면 전문 시나리오 작가들이 열심히 각본을 짜 줄 것이다. 일은 전문가에게 맡기고 원작자 검수나 열심히 하자.

문자는 직관적이지 않은 매체

웹툰은 시사적인 내용이나 무겁고 시리어스한 내용도 많은 인기를 얻는다. 그러나 웹소설은 그렇지 못하다. 웹소설 인기 순위에 오른 작품들을 보고 '뭐 다 이래?'라고 생각할지도 모르겠다. 반면 비인기작 중에는 '우와, 대단하다' 싶은 소설도 꽤 발견할 수 있다. 그러나 독자들이 웹소설에 원하는 것은 무거운 주제 의식, 문학적인 완성도 같은 것들이 아니다. 웹툰이 무거운 주제와 소재를 다루어도 주목받는 데 비해 유독 웹소설은 쉬운 문장으로 쓰인 읽기 편하고 가벼운 소설들이 인기를 끄는 이유는 무엇일까? 그것이 그나마 직관적이기 때문이다.

웹툰은 시각적 매체다. 그래서 시리어스한 진행을 해도 독자들에게 쉽게 전달된다. 문자는 '해독'해야 한다. 해독하지 않으면 '볼' 수 없다. 그러나 이미지는 해독하지 않아도 볼 수 있다. 만화가들은 때로 이 점을 슬퍼하기도 한다. 쉽게 보이니까 해독하지 않는다며 말이다. 소설가들은 세계로 뻗어 나갈 수 있는 만화의 접근성을 부러워하지만 말이다.

문자는 기본적으로 읽는 데 많은 집중력과 에너지를 필요로 한다. 모두가 일상적으로 접하고 사용하는 도구이기에 익숙하지만, 결코 쉽고 범용성 높으며 편리한 도구는 아니다. 잘 쓰려면 문자는 어려운 도구다. 글쓰기는 쉽지 않다. 상업성을 얻기도 쉽지 않으며 장르마다 특성이 다르기에 그에 맞춰 다루기도 어렵다.

체력이 필력이다

이제까지 멘탈 관리에 중심을 두고 이야기했지만 글을 쓰는 데는 무엇보다 체력이 필요하다. 앉아 있는 것도 힘이며, 집중력 또한 체력에서 나온다. 체력이 떨어지면 집중력이 떨어져 글을 오래 못 쓴다. 딴짓하고 게임하면서 시간만 보낼 뿐이다.

운동을 못하면 30분 산책이라도 꾸준히 하길 바란다. 산책을 한다고 근육이 붙지는 않지만, 산책을 할 때와 안 할 때의 정신 건강과 몸 상태가 다르다. 집 안에만 있으면 자신의 몸 상태를 파악하기도 어렵다.

눈을 혹사하는 일이므로 인공눈물도 상비하고 눈 영양제(보통 루테인 성분이 들어 있는) 등을 챙겨 먹기를 강력 추천한다. 갑자기 눈이 침침해지고 멀리 있는 것이 두세 개로 보일 때가 올 텐데 시력이 나빠졌다기보다는 눈의 피로도가 높은 상태일 때가 많다. 꾸준히 눈 영양제를 먹어 주면 효과가 있다.

식사도 거르지 않아야 한다. 작가들 중에는 글 쓸 때 방해가 된다고 아무것도 안 먹는 사람도 있는데, 건강할 때는 별 문제를 느끼지 못하겠지만 조금씩 몸이 상해 나중에는 아차 싶어질 때가 온다.

식사가 귀찮으면 식사 대용품이나 시리얼 바 같은 것이라도 늘 챙겨 두도록 하자. 카페인 음료나 당분 높은 음료로 빈속을 채우는 것도 안 된다. 영양 불균형이나 위장 장애로 고생하게 된다.

작가 같은 경우 계속 머리를 쓰다 보니 탄수화물과 당분 섭취를 자주 하기 마련인데, 적절히 섭취하며 너무 피하지도 말되 과하게 먹지는 말자. 직접 해 보면 알겠지만 한참 작업하다 머리가 과열 상태가 될 때, 작은 사탕 한 개만 집어 먹어도 많은 것이 달라진다. 손목, 어깨, 목, 허리, 골반 틀어짐 등의 문제도 자주 발생한다. 스트레칭을 자주 해 줘야 한다. 자세도 될 수 있으며 바르게 하자. 목-어깨 문제가 제일 많을 텐데 물리치료, 침, 마사지, 어느 것이든 적절히 이용하면 좋다.

너무 기초적인 걸 말하려니 부끄럽지만, 어쨌든 건강해야 오래 버틸 수 있다. 몸이 아프면 정신적인 고통은 더더욱 버틸 수 없다. 혹시 정신적인 문제가 생기거나 불면증, 스트레스 등의 문제가 있다면 혼자 해결하려 하지 말고 병원에서 수면제, 안정제 등을 처방받아 복용하기를 바란다. 필요하면 상담도 하자. 작업물이 있는 작가라면 한국예술인복지재단(www.kawf.kr)에 등록하고 예술인 심리 상담 지원을 통해 연 12회의 상담을 받을 수 있다. 넉넉한 횟수는 아니지만 기초적인 문제를 파악할 수는 있을 것이다.

정신적으로 이미 극심한 고통이나 불안을 느끼고 있으면서 '비타민 챙겨 먹고 운동하면 된다' 같은 판단을 자의적으로 내리지 않도록 하자. 물론 그것도 중요하지만 부러진 한강 다리를 딱풀로 붙이겠다는 생각일 수 있다. 병은 의사에게 약은 약사에게.

🌸 전업 작가로 살 수 있을까?

이 책을 집은 사람의 90%는 전업 작가 생활을 고려하고 있지 않을까 생각한다.

일단 작가는 4대 보험도 퇴직금도 없고 현실의 도피처가 아니라는 점은 말해 두었으니 실질적으로 따져야 할 것들을 살펴보자.

- 수입이 삶을 꾸릴 만한가?

"글로 벌어들이는 수입이 월 300만 원 이하면 전업 작가 하지 말라", "10종은 쌓아 두고 전업 작가로 전환해라" 등 여러 가지 충고들이 많은데 나는 그런 것이 중요하다고 생각하지 않는다.

당신의 삶의 규모는 어떻게 되는가? 최소 수입은 얼마인가? 모아 놓은 저축은? 수입이 안정적으로 들어오고 있는가? 그 수입은 평균 얼마인가? 수입이 끊겼을 때 몇 달 버틸 수 있는가? 글을 써서 수입이 들어오기를 기다릴 수 있는 기간인가? 글을 쓰는 데 얼마나 걸리는가? 그것이 수입이 될 만한 양이 되기까지는 얼마나 걸릴까? 모든 작품이 히트 칠 수는 없다. 돈이 안 들어올 때, 작품이 실패했을 때는 어떻게 할 것인가?

뭐라고 해도 돈은 중요하다. 당신이 직장을 다니며 글을 쓰다가 대히트를 쳐서 월 1억 원이 들어와도 바로 '전업 작가 하자'라는 생각이 들지는 않을 것이다. 그 돈은 정기적으로 들어오는 수입이 아니기 때문이다.

이후로 들어올 수입의 예상도 중요하다. 당신이 글을 써서 '최소한 이 정도는 벌 수 있을 것 같다'는 계산이 안 선다면, 다른 사람이 하라고 하건 아니건 스스로 전업을 결심하기는 힘들 것이다. 그때는 돈을 많이 모아 둔 다음에 전업 작가로 전환하는 수밖에 없다.

– 당신 자신을 컨트롤할 수 있는가?

프리랜서는 잘못하면 끝도 없이 늘어지고 퍼진다. 자기 통제력이 무엇보다 중요한데, 자기 자신을 통제할 자신이 있는가? 자신이 없다고 해서 못할 것은 아니지만, 자신을 어떤 식으로 조절할 것인가? 마감 기일을 맞출 자신은 있나?

물론 지금 당장은 안 되더라도 하다 보면 될 수 있다. 스케줄을 잡고 일을 분배하는 연습을 하도록 하자. 사실 나도 잘 안 된다. 나는 나를 믿지 않는다.

- 가족들과의 합의는?

기혼이라면 한 쪽이 안정적인 직장을 다니는 게 아닌 이상 사실상 전업 작가의 길을 선택하기는 어려운 면이 있을 것이다. 이미 상위권 작가가 된 후에 결혼한 게 아니라면 말이다.

기혼자의 경우 대부분 집에서 일을 하다 보니 집안일이 떠넘겨지거나 그와 밸런스를 맞춰야 하게 되기도 한다. 그러나 상업적 글쓰기는 수입이 발생하는 엄연한 '일'이다. 이 밸런스 조정을 어떻게 할 것인가?

미혼이라고 문제가 없지는 않다. 많은 부모는 자식이 집에서 일하면 노는 줄 안다. 어떻게 부모에게 자신이 '일하는 중'이라고 이해를 구하고 업무 시간을 존중받을 수 있을까?

사실 두 경우 모두 가장 좋은 해결책은 작업실을 구하는 것이다. 일단 공간이 분리되면 참견 없는 작업을 보장받을 수 있기 때문이다. 실제 많은 기혼 남자 작가들은 작업실을 따로 마련한다. 그러나 기혼 여자 작가들은 여전히 집안일의 구속이 강해 그렇게 하지 못하는 경우가 많다.

상위권 작가가 아닌 이상, 자가 주택이 있지 않은 이상 남이 전업 작가로 글쓰기에 매진하라고 말하기는 어렵다. 그러나 삶의 규모를 아예 작게 잡고 가겠다면 도전할 만할 것이다. 나는 이 선택에 있어 가장 중요한 것은 벌이와 삶의 규모라고 생각한다. 당장 많이 버는 것보다는 지금 어떤 상태인지, 그리고 앞으로 어떤 상태일지 예측하는 것이 중요하다.

🌟 어디에도 붙이기 어려운 말

한 줄로만 말하려 한다. 남이 뭐라고 하건 당신의 중심을 잃지 마라. 타협하지 말라는 말이 아니다. 남의 의견은 의견일 뿐이고 당신은 당신의 글을 써야 한다. 타인의 의견을 존중한다는 것이 그 의견을 무조건 따른다는 말은 아니다.

남의 목소리로 자신의 안을 채우지 말자. 중심을 잃고 방향을 잃게 된다. 당신의 머리 안에 자신의 목소리가 없다면 그건 당신이 자신감을 잃었다는 증거다. 자기 자신부터 추스르자.

독자의 애정으로 자신을 존립시키려고 하지 말자. 타인에게 의지해 일으켜 세운 것은 무너지기 쉽다. 자기 힘으로 서 있지 않으면 수많은 사람들의 시선에 쉽게 무너져 버린다. 매 순간 매번 확인 받으며 다른 사람의 손에 일으켜질 수는 없다.

도움이 될 만한 사이트

- 한국저작권위원회(http://www.copyright.or.kr)

이곳에서 저작권 등록증을 만들 수 있다. 저작권은 작성 즉시 성립하는 것이기 때문에 대부분은 저작권 등록증까지는 필요 없고, 서류가 필요할 때는 계약서를 내밀면 대부분 해결된다. 그러나 간혹 증명 서류가 필요할 때도 있고, 아직 세상에 공개하지 않거나 계약하지 않아 인정받기 어려운 원고의 저작권을 미리 공증하고 싶을 때가 있을 것이다.

저작권 등록을 중간 신청자를 통해 신청하면 20만 원이 든다. 인터넷 브라우저를 열고 한국저작권위원회에 들어가 보자. '저작권 등록'이란 메뉴가 있을 텐데 시키는 대로 차근차근 저작권 등록을 하면 3만 원이면 모든 것이 끝난다. 절대 어렵지 않다. 불안하다면 미리미리 등록해 놓도록 하자.

이 사이트에서는 저작권에 관련한 여러 정보나 계약 관련한 정보를 볼 수 있다. 표준계약서도 있는데, 웹소설과는 거의 관계가 없지만 다른 시장은 어떤 식으로 굴러가며 계약서가 대충 어떤 것들을 다루는지 구경하기 좋으므로 적극적으로 활용하자.

또한 이 곳에서는 분쟁 해결도 한다. 계약서에서 간혹 분쟁 사항에 대해 '저작권심의조정위원회의 조정 이후 법적 절차를 밟는다' 등의 문구를 발견할 수 있을 텐데, 그 '저작권심의조정위원회'가 바로 이곳이다.

- 한국콘텐츠진흥원(http://www.kocca.kr)

한국 및 세계 콘텐츠에 관련한 통계와 동향 정보를 쉽고 간단하게 얻을 수 있는 사이트다. 사업 공고도 자주 하지만 웹소설 작가에게 맞는 사업은 아직 찾기 어렵다. 웹소설에 관한 통계는 그리 많지 않으나 현재 산업이 발달하며 해당 내용이 언급되는 문서가 증가하고 있고, 유사 산업 또는 연계 산업에 대한 이해, 정부 시책, 세계 콘텐츠의 흐름 등을 이해하기 쉬우므로 관심이 있다면 적극적으로 활용하길 권한다.

- 한국예술인복지재단(www.kawf.kr)

앞서 말했듯 예술인 심리 상담 지원을 해 주고 있는 곳이다. 지원을 받기 위해서는 예술 활동 증명을 해야 하므로 어떤 방식으로든 작업물(데뷔를 위한 작업물도 인정해 준다) 또는 소득을 증명해야 한다. 사이트에 올라오는 뉴스 레터, '예술인 복지 뉴스'만으로도 실질적인 예술가 지원이나 정부 시책 등을 파악할 수 있어 실제 창작자로서의 삶의 방향 설정에 도움이 된다. 창작자들의 인터뷰나 고민 상담 코너 등도 충실해서 틈나는 대로 들러 보기를 추천하고 싶다. 창작 준비금 지원도 하고 있으며 표준계약서를 보급하고 있다. 불공정 계약에 대한 상담과 소송 지원, 계약 및 저작권에 대한 컨설팅을 하며 창작자 대상의 교육도 비정기적으로 진행한다.

예술 활동 증명으로 받을 수 있는 '예술인 패스'가 있으면 특정한 공연을 할인받아 볼 수 있는데 사실 원하는 공연이 있는 경우는 거의 없다는 게 일반론이다. 작가라면 '문화가 있는 날(매월 마지막 주 수요일)' 혜택으로 영화나 전시를 보는 것이 더 도움이 될 것이다.

이 책의 기획은 사실 그냥 농담 따먹기를 하다가 나왔다.

"하하, 제 멘탈이 세계 최고로 약하죠. 다 부숴 버리겠어!"

"작가 멘탈 보호 가이드 써 보시는 거 어때요?"

뭐 이런 소리를 하면서 말이다. 항상 작가 지망생, 초보 작가들에게 실질적으로 도움이 될 만한 이야기를 정리하고 싶다고 생각했지만 일이 바빴기 때문에 상세히 생각하진 않았다. 그때부터였던 것 같다. 어떤 내용을 쓰면 좋을까 정리하기 시작한 것은…….

이 책의 모델이 있다면 『시나리오 작가들의 101가지 습관』일 것이다. 스타일은 스티븐 킹(Stephen King)의 『유혹하는 글쓰기』에 있겠고 말이다.

내게도 어느 순간부터 작필법이나 시나리오 짜는 법 같은 것은 별로 중요하지 않게 되었다. 정서적인 문제를 어떻게 해결할 것인지, 다른 사람들은 어떻게 생각하고 어떻게 대응하는지, 어떻게 작업을 대하는지가 중요하고 궁금해졌으며 다른 사람들의 경우를 보며 위로를 받았다. 『시나리오 작가들의 101가지 습관』과 달리, 이 것은 나를 중심으로 주변 이야기를 조금 덧붙인 정도지만 말이다.

중점적으로 말하고 싶은 것은 멘탈 관리에 대한 것이었다. 시대 별로 인기 있는 장르 주변에는 작가가 되지 못한 채 열등감에 자 폭하거나 좌절하는 사람들이 늘 있었고, 지금도 그런 사람들을 발 견하는 건 어렵지 않다. 솔직히 나를 욕하는 내용이라도 그런 글 을 발견하면 안타까운 기분이 먼저 들 때가 있다. 나라고 해서 그 기분을 모르는 것이 아니니까.

결국 제일 고통스러운 건 본인이다. 아마 이 책을 집어 든 독자 중에도 그런 사람들이 있을 것이다. 장르소설, 웹소설의 현실을 잘 모르고 있는 진입자, 마음이 어둠에 감싸인 사람들, 쉽게 보고 덤 볐다가 정신 건강이 무너져 병을 얻은 사람들…….

처음 쓰는 종류의 글이다 보니 힘든 부분이 많았다. 소설과는 다른 식으로 많은 것을 생각해야 했고, 이야기가 이야기다 보니 주변인들에게 계속 보여 주며 피드백을 받았는데 실용서, 교과서, 서바이벌 가이드, 공략집 같다는 이야기를 들었다. 어느 작가님은 "이런 책을 봐도 될 사람은 되고 안 될 사람은 안 된다"라고 말하 기도 했다. 물론 이런 책은 고민을 조금 짧게 해 주는 도구일 뿐이 다. 그러나 고민을 함께하고 줄여 줄 수 있는 도구가 있다면 좋은 일 아닐까.

이 책을 쓰면서 계속 걱정했다. 내가 다 안다는 듯 말을 해도 되는 걸까? '작가'가 이런 말을 해도 되는 걸까? 그래도 나 아니면 할 수 없다는 생각을 하며 썼다. 편집자나 주변인들이 할 수 있는 이야기도 아니고, 작가라 하더라도 이런 부분을 계속 고민해 온 사람은 많지 않을 것이다. 정리해 내놓을 의도가 있는 사람은 부담감 때문에라도 더더욱 없을 것이고 말이다. 작가는 공격당하기 쉽다고 하지 않았나.

예전부터 자주 기록에 대해 생각했다. 내가 꿈꾸는 것이 이루어지지 않을 수 있다는 걸 깨달으면서, 내가 당장 여기서 사라지더라도 뒤이어 오는 사람은 덜 헤매게 해 줄 만한 무언가를 남기고 싶었다. 내가 원하는 것과 완전히 같은 방향은 아니지만 그 의지의 일부분을 형태로 만들어 낼 수 있게 되어서 다행이라고 생각한다. 기회를 주신 담당 편집자와 출판사에게 감사드린다.

이 책을 시작으로 좀 더 웹소설과 장르에 관련한 담론이 활발해졌으면 좋겠다. 더 활발해져서 '한국 로맨스소설과 드라마, 사회 이슈 연도별 정리'나 '성인물 신음 사전', '성인물 연도별 발달사' 같은 것도 나왔으면 좋겠다. 여태껏 여기저기에 던져 봤을 때 반응이 좋았던 소재지만 내가 할 여력은 없으니 누가 만들어 주면 정말 좋을 것 같다. 펀딩이라도 하게 되면 제게 따로 연락 부탁드린다.

아무래도 한국의 장르소설은 그 역사부터 기본적인 정리조차

되어 있지 않다 보니 장르소설의 역사를 정리한 부분에 대해 많은 사람들이 걱정해 주었다. 각자 기억하는 것이 조금씩 다르므로 충돌이 생기기 쉬운 부분이기 때문이다. 하지만 누군가 시작을 하지 않으면 싸우기만 하지 정리를 안 한다. 기억력을 짜내어 도와주신 YN님, HM님께 정말로 깊은 감사를 드린다. 집필에 바쁜 때에 이런 글을 읽고 피드백을 주신 많은 작가 분들께도 감사드린다.

만약 이 책을 읽고 궁금증이 있어 개별적인 루트로 내게 접근을 한다면, 일단 내가 대답을 할 가능성은 매우 낮지만 대답을 한다고 해도 여기에 쓴 것과 또 다른 말을 할 수도 있다. 일단 세부적인 상황이 다를 것이고, 시간이 더 지났을 것이기 때문이다. 그래도 내 경험상 타인의 시각과 의견은 어떤 식으로든 도움이 되었다. 다시 한 번, 나는 이 책이 당신의 답을 찾는 데 도움이 되었으면 좋겠다. 그 답이 우리가 선 리그의 지평을 넓힐 때까지, 부디 잘지내고 끝까지 살아남길 바란다.

김휘빈 드림.

웹소설 작가 서바이벌 가이드

초판 1쇄 발행 2017년 6월 30일
초판 2쇄 발행 2020년 11월 30일

지은이 | 김휘빈
펴낸이 | 연준혁

출판부문장 | 이승현
편집 2본부 본부장 | 유민우
편집 3부서 부서장 | 오유미
디자인 | 스튜디오 헤이,덕

펴낸곳 | ㈜위즈덤하우스 출판등록 | 2000년 5월 23일 제13-1071호
주소 | 경기도 고양시 일산동구 정발산로 43-20 센트럴프라자 6층
전화 | 031)936-4000   팩스 | 031)903-3893   홈페이지 | www.wisdomhouse.co.kr

ⓒ김휘빈, 2017

값 13,000원
ISBN 979-11-86940-26-6   03800

• 이 책의 전부 또는 일부 내용을 재사용하려면 반드시 사전에 저작권자와 ㈜위즈덤하우스의 동의를 받아야 합니다.
• 인쇄·제작 및 유통상의 파본 도서는 구입하신 서점에서 바꿔드립니다.

이 도서의 국립중앙도서관 출판예정도서목록(CIP)은 서지정보유통지원시스템 홈페이지(http://seoji.nl.go.kr)와 국가자료공동목록시스템(http://www.nl.go.kr/kolisnet)에서 이용하실 수 있습니다.
(CIP제어번호 : CIP2017011760)